絶深海のソラリス

SOLARIS the Abyssal

We promised each other, but she never smiles again.
Little did we know yet.
The deep isolated sea SOLARIS.

0000M
water depth

0500M
water depth

1500M
water depth

APPEARANCE

NATSUKA HOSHINO

星野ナツカ

— MAI DATA

— CHARACTER

— 001

年齢	17歳
身長	162cm
体重	絶対ないしょ!
能力	領界特化型
学年	五回生
人種	日系

words

また、会いたくなったら、
いつでも会えるんだよね。

Profile

なかなかアカデミーを卒業できない落ちこぼれ系の水使い。実は僕の幼馴染。性格はなんと言うか犬っぽい。素直で温厚でマイペース。かわいい奴なので僕もついつい甘やかしてしまう。甘やかせば甘やかすほどなつかれるので僕のなけなしの理性にも破綻の兆しが。もしも卒業できなかった時は養おうかな、ここだけの話。

CHLOE KNIGHTLEY

クロエ・ナイトレイ

— MAI DATA

— CHARACTER

— 002

words

教官って、ほんと意地悪な人ですよね。そういうとこ、軽蔑です。

APPEARANCE

年齢	15歳
身長	149cm
体重	39kg
能力	秩序独裁型
学年	一回生
人種	アメリカ系

2500M water depth

Profile

恐るべき才能と反骨精神を兼ね備えた僕の担当訓練生。すべての水使いのボスである連邦政府ソラリス技術庁長官の愛娘さん。いわゆるお嬢様なのだけど、生き方は高飛車というよりパンクロック的な感じ。教官（僕）の言うことをちっとも聞いてくれない。それでも最近は少し素直になってきたのかな？

3500M water depth

4000M water depth

MEIFA LEE

メイファ＝リー

APPEARANCE

年齢	16歳	能力	領界特化型
身長	166cm	学年	四回生
体重	46kg	出身	中国系

Profile

テリトリーを青龍偃月刀に変化させて振りまわすアクションスター的な女の子。無表情だがわりとよく喋り、表情一つ変えず爆弾発言するのでたまに僕もびっくりする。ナツカのルームメイト。

words▼

おけ把握。理解完了。すべては机上の空論に過ぎないという話。

2500M water depth

3000M water depth

4000M water depth

MAI DATA
CHARACTER
003-004

words▼

つまりミシェル的に無害みたいな☆

APPEARANCE

MICHEL OLIVER

ミシェル・オリバー

年齢	16歳	能力	限定活動型
身長	157cm	学年	三回生
体重	42kg	出身	アメリカ系

Profile

僕からするとThe女の子な性格をした訓練生。うらやましいほど天真爛漫。見かけるといつも友だちに囲まれている印象なので、孤高少女のクロエとは、ある意味対称的な女の子。

LALA AISHWARIN

ララ・アイシュワリン

APPEARANCE

年齢	21歳	能力	限定活動型
身長	165cm	職業	技術教官
体重	計ったら殺す	出身	インド系

Profile

僕が訓練生だった頃の恩師で今は先輩教官。よく死ねとか言うが実は面倒見のいい人。だから僕も親しみこめて誠心誠意セクハラしている。ちなみに彼氏いない歴とか気にするタイプで現在も彼氏募集中。

words▼

もうちょっとマシな心配ができんのか貴様っ!

words▼

実は僕、アカデミーの教官になったんだよ。

APPEARANCE

MINATO YAMAJO

山城ミナト

年齢	18歳	能力	知覚特化型
身長	173cm	職業	技術教官
体重	59kg	出身	日系

Profile

これが僕。普段から温厚な顔立ちを心がけてるはずなんだけどアカデミーの学長には「図太い」と言われる。座右の銘は可もなく不可もなく。趣味は釣りと先輩いじり。基本的に、順風満帆です。

SOLARIS the Abyssal
CONTENTS

We promised each other, but she never smiles again.
Little did we know yet.
The deep isolated sea SOLARIS.

0000M water depth

1000M water depth

1500M water depth

2500M water depth

絶深海のソラリス

らきるち

MF文庫J

口絵・本文イラスト●あさぎり

Episode. 0

二十二世紀半ばの三月末日。

この春、人工島の桜並木は目も眩《くら》む満開を見せた。

美しいと言うよりも、少し物々しく感じる。

咲き誇り、人間を取り囲み――化け物めいていた。

これは桃源郷もかくやと言うか。春の風に枝木を揺らし、桃色の花弁が大量に吹き荒れる様を眺めていると危うく現実感を失いそうになり、その時、山城《やましよう》ミナトは自分が足を止めていることに気が付いた。

アカデミーに向かわないと。

学長に挨拶《あいさつ》する必要がある。その他、昨日のうちに職員寮にある自分の部屋へ送っておいた荷物も整理しなければならない。それに、久しぶりに顔を見たい奴《やつ》もいる。

明日にはもう仕事が始まるのだ。花見に耽《ふけ》る暇はなかった。

しかし、移動を再開して間もなく、またもミナトは歩みを止めることになる。

声が聞こえたからだ。

ひときわ高い桜の木に、アカデミーの訓練服を着た女子を目撃する。

「……猫くーん、危ないよ？」

そういう本人も猫のような姿勢でじりじりと太い枝を進んでいるのだ。なまじスタイルが良いので悩ましいポーズである。訓練服さえ着ていなければ男を虜《とりこ》にする桜の精に見えていたかもしれないが、しかし訓練服を着ているせいか女豹《めひょう》の真似《まね》をする幼馴染《おさななじみ》のように見えなくもない。

と言うか、幼馴染である。

「ナツカ?」

近所で生まれ育った一つ年下の女の子だ。ミナトがここを卒業して以来、顔を見るのは一年ぶりである。いったい、あんなところで何をしているのだろう。どちらかと言えばインドア派であり、好んで木登りするタイプではない。

よく見ると、彼女が進む枝の先には一匹の黒い子猫。

「猫くーん、怖くないよぉ?　こっちおいで」

どうやら木の上から降りられなくなった猫を救出しているらしい。幹には高い脚立が立てかけてあった。運動音痴な癖に無茶《むちゃ》をする。

少女は少しずつ少しずつ慎重に、子猫が待つ枝の先端へと進んでいった。

手には猫じゃらし。柔らかい声で猫に笑いかけている。

「ほらほらー、あたし友だちにゃん?　だいじょぶにゃん」

語尾が楽しいことになっていた。録音したかったな、と微妙に悔やみつつ、ミナトは木の下に移動を始める。

通りがかって良かったと思う。既にオチが見えていた。少女が前進すればするほど、それほど頑丈ではない桜の枝が「みしみし」と不穏な音を漏らしているのだ。

そして、ようやく彼女が子猫の身体《からだ》を抱き上げた時だ。

「ほら、もう大丈夫！」

その時、枝は限界に達する。

ばきっと——実に綺麗《きれい》に折れた。

「わわわ」

猫を抱えた女の子は小さな声を漏らして頭から落下する。

品種改良を受けた人工島の桜はとにかく背が高い。折れた枝から地面まで落差は五メートルもある。打ち所が悪ければ一大事になるだろう。

大量に舞い上がった桜の花びらと共に、幼馴染の女の子が落ちてくる。

だからミナトは——テリトリーを拡張した。

身体は銀鼠色《ぎんねずいろ》の光に包まれる。

途端、視界に広がる光景は一変を遂げた。

まるで動画にスロー再生をかけたように、木から落ちてくる彼女が冷静に目測される。

速度、角度、高度……それらの〝データ〟が瞬時に脳裏へ刻まれていく。この時、ミナトの視覚は景色に舞い踊る桜の花びら一枚一枚すら正確に捉《とら》えていた。

——五感のデータ化。

それがミナトの〝銀鼠色《ぎんねずいろ》のテリトリー〟が持つ唯一の特徴だった。

桜吹雪と情報の波に包まれながら。

安全に、正確に、ミナトは大事な大事な幼馴染《おさななじみ》を受け止める。

「あ……」

一年ぶりに目が合った。その時、少女の腕の中から子猫がするりと逃げて、恩知らずにも走り去っていく。

それすら気にかけない表情で少女、星野《ほしの》ナツカは目を丸くした。

「…………あの世?」

そんなことを言い出す。

「大丈夫。この世だから」

「だって、ミナトくんがいるよ」

「え。僕ってお前の中で故人扱いだったのか」

「ううん、ご存命だけど……でも、ミナトくん卒業しちゃったはずなのに」

「実は僕、アカデミーの教官になったんだよ」

直後、ミナトは「げふ」と声を漏らした。

腕の中の幼馴染が首に巻きついてきたからだ。

昔から犬のように人なつこい性格。相変わらずだった。

変わっているところがあるとすれば、密着する胸部が一年前と比べて明らかに大きくな

っていること。それとイイ匂《にお》いがした。くらくらした。まいった、幼馴染《おさななじみ》が異性になってる。

「こら、離れなさい」

「やだ。嬉《うれ》しい。また、会いたくなったら、いつでも会えるんだよね」

「そうですよ。だから今日のところは離れましょう」理性が怪しい。

「やだ」

「僕の能力、体重測定とかできるけど?」

「あわわわ」

ぼっと赤くなったナツカは目を白黒させつつ、ようやく地面に降りてくれた。ここだけの話、受け止めた時点で既に手遅れだったのだが、本日計測した彼女のトップシークレットについては墓場まで持っていくことにする。

離れてみると、ナツカの瞳《ひとみ》は赤くなっていた。

一度だけ目尻《めじり》を擦《こす》ったあと、ひとしきり呼吸を整えている。

こうして見ると、この島の、この化け物めいた桜も悪くないかもしれない。

「あのね……おかえり、ミナトくん」

「うん、ただいま」

咲き乱れる春の景色を背にして、星野《ほしの》ナツカが負けず劣らず笑顔を浮かべた。

Episode. 1　前進／僕／戦場へ

――悪い星の巡りを感じる。

西暦二一四五年、四月一日。オリエント連邦領海、太平洋。

荷物をほどいたのは昨日なのに、今はもう水深一五〇〇メートルの海底に呼吸器も無しで素潜りさせられている。

定期的な採掘訓練なのだが、昨日まで同行する予定はなかった。本来担当教官だったはずの人が突然の腹痛によりダウンしてしまい、その時たまたま傍《そば》にいたアカデミーのトップ、学長が思いつきのように提案したのである。

――これ、あんたの初陣にちょうど良くない？

確かに。採掘訓練そのものは楽であり、肩肘《かたひじ》張る必要は無い。訓練生を連れて海底に向かい、決められたポイントから生きた鉱物〝ソラリス〟を一定量採集する。海中でも活動可能な水使いにとってそれこそが最たる任務であり基本中の基本。潜って拾うだけ。何も難しいことはなく、教官として初めて訓練生を監督する山城《やまじょう》ミナトに相応《ふさわ》しい任務だった。

しかし、どうにも、……星の巡りが悪いと言うか。

「……しゃめ、サ、メ、サ、――サメ、サメ……っ！」

鮫《さめ》。シャーク。

世界中の海に広く分布する魚類。大型で獰猛《どうもう》な種類も多く人が襲われるケースも有る。陸上で言えばクマと出遭った感じ。

三匹の大きな魚影がミナトたちを取り囲むように遊泳していた。暗い深海でも、水使いの視界は暗視スコープのように奴《やつ》らの姿を鮮明に映し出している。

どうやら昨晩のうち、アカデミーの採掘ポイントへ迷い込んだらしい。星の巡り以下略。

「サメ、サメメメ……あれってまさか噂《うわさ》のホオジロざモガっ⁉」

手足をバタバタさせた女子訓練生をミナトは取り押さえる。

肉食の大型魚類よりも水中でのパニックの方がよほど恐ろしい。水使いが水中でも活動できる存在とは言え、深海が一歩間違うと死に直結する世界であることに変わりない。

「落ち着いて対処すれば大丈夫だから暴れないでくれ。ちなみにアレはホオジロザメじゃなくてヨゴレザメ。筆記試験にもわりと出る」

とりあえずミナトは訓練生を一箇所に集めて、欠員がいないか確認することにした。数は四名。OK。全員いる。

さて、あとは周囲にいるサメは追い返すだけなのだが。

むしろホオジロザメの方がマシだったかも。

「よりによってヨゴレザメかあ……」

知名度こそ低いが、世界で一番獰猛なサメと言っても過言ではなかった。

その性質は――極めて悪食。人間だろうがゴミだろうが、目に映ったものなら手当たり次第に喰《く》いつこうとするので、こちらが刺激しなくても勝手に襲ってくるケースが多い。

案の定。今まで様子を見るように周囲を泳いでいた三匹のうち、一匹が痺《しび》れを切らしたように突如として動きを変えた。

「きた――――っ！」

「ジっとしてろって」

慌てふためく教え子の額にでこぴんした後、ミナトは海底を蹴《け》って水中へ跳び上がった。

ちょうどいい機会だし、訓練生にもわかるようにサメの撃退法を声に出す。

「その一、――鼻っつらを強く殴る」

実行した。正面から迫り来る一匹の、その鼻頭を狙《ねら》いミナトはこぶしを叩《たた》きつける。

するとサメは驚いたように身を捩《ねじ》って方向転換。痙攣《けいれん》しながら遠くへ泳ぎ去った。

それを尻目《しりめ》に、ミナトは訓練生たちへ振り返ると説明を補足する。

「な？　他にも眼球、エラが同じく急所。でも鼻が最も効果的。ただし、サメは種類によって微妙に叩くべき場所が違うから、それは陸に戻ってからきちんと憶《おぼ》えるように。それと、やっぱりサメと直接的に接触する方法は危険なので僕はオススメしない」

「ぎゃー教官うしろうしろ来てますからーっ！」

「その二、アカデミーが支給するサメ対策クロスを使う――こっちがオススメ」

慌てず素早く、ミナトはベルトに装備してあるトランプケースと似た容器を引き抜いて、側面にあるボタンを押す。

――ばしゅ、とガスが抜ける音がして、ケースに収納されていたものが急激に広がった。

布だ。

白く薄っぺらい、有機繊維の布。それが襲いかかるサメの視界を塞《ふさ》ぐように展開される。

ただ、それだけ。布が広がっただけ。

それだけで正面のサメはあっさりと動きを止めた。

「サメは自分より大きい相手を避けてく習性がある。だからクロスを広げておけば襲ってこなくなるわけ。ちなみに、使い捨てだけど海に溶ける素材なので地球にも優しいと」

「教官、どや顔のところ申し訳ないですが三匹目がっ！」

布とは別角度から訓練生をいやらしく狙《ねら》っていた。

「だからヨゴレザメって嫌いなのだが……」

他のサメと違って、セオリーが通じないと言うか。餌《えさ》の少ない外洋にいることが多く、常に腹ペコなため、たまに怖いくらいアグレッシブである。水使いがサメ被害に遭う原因の多くはこのヨゴレザメによるものだった。

仕方ないのでミナトはベルトから自前のナイフを引き抜く。普通に仕留《しと》めることにした。

本来なら、まだ説明していないサメ対策の「その三」が存在する。

しかし、その方法は個人差が激しく、誰にでも実践できるものではないため正式な対処法とは言いがたい。

そのあたりはアカデミーに戻ってから説明しようと思い、ひとまずミナトは近づくサメを倒すべくナイフを深く握り――一人の少女が呟《つぶや》いた。

「しちめんどくさいと思います」

生まれた光。

「は？」とミナト。

黄金《こがね》色の光。まるで月明かりの欠片《かけら》のように深海へと拡散していく。

テリトリーだ。

水使いの力の源。普段は目を凝らさないと見えないほど色が薄いが、最大限に力を高めると今のようにその人本来の色が明確化する。

時として、兵器にも例えられるほどの。

個人による拡張能力。それこそが水使いによる「サメ対策その三」であった。

「――どうです、教官？」

小生意気な顔が振り返る。

ミナトを見てうすら笑う。まるで自分の力を自慢するように。

「こうすれば、早いと思いません？」

金髪碧眼《へきがん》の、小柄な体躯《たいく》を持つ少女だった。

彼女が淡い金色の奔流を従えて、瞬く間にサメを解体し尽くしていたのだ。

一瞬の出来事。その光景は幻想的ですらあり、しばしミナトは息を呑《の》む。

本来、テリトリーを完璧《かんぺき》に操作するためには訓練が必要だ。先人による指導が不可欠でありだからこそアカデミーという機関が存在する。

しかし、どんな分野であれ天才という者がいる。

誰に教わるまでもなく、赤子が呼吸するがごとく、生まれながらテリトリーの仕組みを理解し意のままに操る天才が。

もしかしたら彼女がそうなのかもしれないと、この時のミナトは思っていた。

「君……」

まるで薄暗い深海に落とされた陽《ひ》だまりのような黄金。

感動を覚えるほど美しいテリトリーを持つ少女だった。

その蒼《あお》い瞳《ひとみ》に浮かぶのは絶対的な自信。少しの間、ミナトは彼女と見つめ合う。

やがて、教官としての言葉を告げた。はっきりと。

「戻ったら反省文を書けよ？」

もしかすると、褒めてもらえるかと期待していたのかもしれない。得意げな笑顔を浮かべたまま少女は凍りついていた。

わりといつまでも。

ほんと初日から、星の巡りが悪かった。

◇◆◇◆

【緊急時を除き、ライセンス未取得である訓練生が監督者の許可無くテリトリーの拡張操作を行うことを固く禁ずる。尚《なお》、本文の緊急時とは正当防衛が認められる場合、人命救助の必要が認められる場合、又は監督者が能力行使の妥当性を認めるあらゆる状況とす】

——以上、訓練規則の文言より抜粋。

要するに「勝手に拡張能力を使っちゃダメよ」というアカデミーのルールである。

「納得できません」

しかし、目の前の彼女は不満を露《あらわ》にした表情で不服を唱えた。

あの採掘訓練のあと、ミナトはアカデミーの教官室に戻ってきたのだが、少しも経《た》たないうちに例の金髪天才暴走少女が乗り込んできて訓練規則の開示を求めたのである。

反省文を書きたくないのか、はたまた怒られてプライドでも傷ついたのか。

いずれにせよ勝気な表情からミナトを論破する気概が感じられた。

ちっちゃな背丈でふんと胸を突っぱる。

「サメがいました。だから私の能力使用は正当防衛と人命救助に該当するはずです」

正直めんどくせー。

昨日来たばかりで、まだいろいろ準備することが残ってるのに。

ミナトも別に、彼女が憎くて反省文を科したわけではない。

いわゆる「規則は規則」というやつだ。

あの時は他の訓練生もいたので、教官である人間が明らかなルール違反を見過ごすわけにはいかなかった。その瞬間ルールがルールでなくなってしまう。

「あの場に教官が誰もいなかったらね。残念だけど僕がいた」

「着任したばかりの新米教官には荷が重過ぎます」

「ほー」

かなり威勢がいい。新米は事実だが、訓練生の立場で教官相手に普通ソレ言うか？　でも嫌いじゃない。むしろ好きなタイプだ。この手の人間は良くも悪くも裏表が無いので見ていて楽しいと言うか、きっと真面目《まじめ》な分、こちらが何を言っても可愛《かわい》く反応を返してくれることだろう。

ミナトは男女問わず、リアクションの大きい人を見るのが好きだった。

「クロエ＝ナイトレイは反省文プラス懲罰房に処す」

「な」

「理由は教官への不服従」

「ぐッ」

「と言うことになりかねないから、早いとこ書いといた方がいいと思うぞ？　だいたいクロエなら、一晩もあれば反省文の一枚くらい簡単だろ」

「私ならって……今日会ったばかりの人が何を根拠に」

「君が将来有望なのは少し調べればわかるよ」

金髪少女の名前はクロエ＝ナイトレイ。

二一四四年度入学訓練生、十五歳。オリエント連邦首都ウランバートル出身のアメリカ系少女である。

まだアカデミーに来て二年目に過ぎないが成績は優秀の一言に尽きる。実技試験、筆記試験ともにほぼ完璧《かんぺき》であり、特にテリトリーに関する技術なら今すぐライセンスを与えてもいいほど精度が高いと言われている。

ただ、能力が高いせいか気位まで高く協調性に欠ける――という報告もちらほらと。

「別に私は反省文を書くことに労力を惜しんで申し立てをしているわけじゃありません。ただ自分で不当だと感じる処分を受けて泣き寝入りするのがイヤなんです」

まだ食い下がっている。見上げた根性だった。悪く言うと空気が読めていない。

いよいよ面倒なので、本当に服従義務違反で追加ペナルティを科しても良いのだが、しかし、恐らくそれだと彼女は自身の処分について「横暴」だと考えるだけで、反省はおろか、何が間違っていたのかろくに考えないだろう。それでは罰する意味が無いとミナトは思う。

もう少しだけ論争することにした。

「要するに、サメの相手を僕に任せて大丈夫だったという確証が無いと?」

「そうです」

「なら逆に質問するけど、なんで僕が君に能力使用違反を適用したかわかる?」

「見せ場を取られたからでしょ」

「僕は子どもかよ」

「いくつなんです？」

「十八」

「なんだ、私と三つしか変わらないじゃないですか」

「でも君と違ってライセンスがあるし、卒業後に任意訓練も受けて海底作業責任者の資格も持ってる。もちろん、サメの対処法だって学んでる」

「それ自慢のつもりですか？　私はそんな肩書きがなくったってサメを駆除できます」

「そうだな。クロエが僕よりもサメ退治が上手なのは認めよう。確かにあの場面なら、僕が手をかけるよりも君の拡張能力を利用する方が確実に効率的だった。うん、感心するほどに君の能力ってのは優秀だ」

「えっと」

それまでと一転して、自分を褒めちぎる内容を聞いて、怒り狂っていた少女の顔は見るからに落ち着いていった。どうも「優秀」って言葉に反応したらしい。

「あ、あなたに言われなくたって知ってますけど……」

視線を逸《そ》らす。その口元がにやついていた。見るからに嬉《うれ》しそうだ。少し煽《おだ》てた程度でこうも天狗《てんぐ》になるとは。実は単純っぽいな、この子。

しかし、ミナトはご機嫌を取る目的でクロエを褒めたわけではない。

諭したいことは別にある。

「でも、どんなに優れた能力でもルールを守って使わないと意味が無い」

「……結局それですか」

最終的には失望したように、クロエの表情は冷めついてしまった。

「ルールという言葉だけで自分が正しいと？　まるで神か王様みたいですね」

「いや、僕だってミスはするよ。でも僕の手綱は僕より上の人間が握っている。僕の役目は君の手綱を握ること。僕が許可しないのにスタンドプレーに走った君を許すつもりはない。そういう組織の仕組みってのを理解しろ」

「理不尽だ……」

「理不尽に思っても守れ。世の中そういうもんだ」

「……わかりました。反省文、明日の朝には提出します」

ようやく少女は折れてくれた。

理解したと言うよりも、これ以上話をしても無駄だと感じたような顔だ。

クロエは踵《きびす》を返し、乱暴な足取りで教官室を後にした。

ミナトは椅子《いす》に座ったまま、そんな少女を見送る。

「あれは時間かかりそうだなぁ」

という呟《つぶや》きが呆《あき》れているのか感心しているのか自分にもわからなかった。

印象深かったことだけは確かである。

間もなく。

「初日から飛ばすわねぇ」

振り返ると、咄嗟《とっさ》に熊《くま》かと思うほど大柄な人物が、机にいるミナトを見下ろしていた。

丸太のような二の腕にタイトなスーツが悲鳴をあげている。仮に初対面だったらプロの格闘選手かと勝手に推測していたかもしれない。それほどまでに筋骨隆々な偉丈夫。

いや、失敬。正確には偉丈『婦』だ。

アカデミーのトップ、マリア学長は歴《れっき》とした女性である。

軍役経験を持つ巨躯《きょく》が世界樹のように聳《そび》え立《た》ち、口を裂いて笑った。

「ナイトレイ家のご子女相手に初日から反省文とはね。いやはや、恐れ入る」

皮肉と賞賛が入り混じった口調に、ミナトは溜《た》め息《いき》をついて、途中になっていた資料整理に目を戻しながら言葉を返した。

「あの子、ソラリス技術庁長官の娘らしいっすね」

「しかも溺愛《できあい》されてるって噂《うわさ》だよ。怒らせたら最後、二度と水使いとして職に就けないという都市伝説まで出るくらいさ」

「なるほど」

道理で。過去の報告書に目を通しても、たびたびクロエの規則違反と思われる記述が散見するのに、今まで罰則ゼロなのはおかしいと思っていたのだ。ソラリス技術庁の長官なんて、全《すべ》ての水使いのトップとも言える人物。そのため、娘を通して自分の心証が悪くなると考えた他の教官が、規則違反と知りつつも彼女を放任しているのかもしれない。悲しきかな、権力に楯突《たてつ》くと人生先細りするのは水使いもサラリーマンも同じであった。

「でもあの子、気は強いですけど家の権威を振りかざすタイプには見えませんよ」

あのタイプは、親の力なんて借りず自分の手で相手を負かさないと気がすまないタチだろう。まっすぐで不器用な子だとミナトは勝手に直感していた。

「たとえそう思っても、実際に強く出られる奴《やつ》は少ないんだよね。でも、あんたは訓練生だった頃から妙に図太いと言うか、物怖《ものお》じしない性格は相変わらずで安心したよ」

「そもそも僕の場合、ここをクビになったところで妹との甘い生活に戻れるわけで。そのうち、水使いなんて辞めて二人で小さな民宿でも始めようねって」

「妹絡みのギトギト感も相変わらずだね」

「なのでまあ、僕に失うモノなんぞ無いと言うか、失って得るモノの方が大きいと言うか。そんな感じなんでクロエ＝ナイトレイの一人や二人なんてことないですよ」

ちょっと自分でも盛りすぎたかと感じていたところ。

学長の目が光った気がする。

「おう、よく言ったね」

グリズリーも霞《かす》むような偉丈婦が牙《きば》を剥《む》いて笑った。

「あんた、明日からクロエを専門で担当しな」

「ふぁー？」

いきなり専属？　新米の自分はしばらく初級訓練を中心に受け持つと思っていたのだが。

「あの子の前の担当教官が音を上げちまってね、病院行ったらストレス性の胃潰瘍《いかいよう》なんだと。他の奴もクロエのことは煙たがっちまって。でも、あんたなら適任だろ？　図太いから」

「はいもう手段を問わないと言うならあの手の子は大好物ですが」

「手段は問う」

残念。クロエは絶対にリアクションが面白いとセンサーが大暴れしてたのに。

「ちなみに、どの程度までなら許されます？」

「訴訟に発展しない範囲内なら」

「それ完全にクロエのさじ加減次第ですね。楽しそうなので是非やらせていただきます」

◇◆◇◆

現状、不満を覚えるとすれば傍《そば》に妹がいないことくらい。

設立当初のアカデミーは連邦首都のウランバートル（旧モンゴル）に建てられていたという。それならば日本自治区もすぐ隣なのでミナトも週末ごとに実家に帰ることができて便利だなと思うのだが、あいにく今のアカデミーはアジア大陸を探しても存在しない。

太平洋沖、人工島。

ちょうど昔の東京都あたりに位置する人の手によって造られた絶海の孤島だ。

なんでも百年前に起きた『大海害』の際、自国領土を海没で失った当時の日本が暫定政府を置くために急遽《きゅうきょ》しこしこ建造したらしいのだが、やがてオリエント連邦が発足すると計画は頓挫《とんざ》してしまい、使い道を失ったメイドインジャパンの島を連邦政府が吸い上げて再整備した結果、簡単には脱走できない水使いの訓練施設が誕生してしまったとのこと。

そんなわけで、東西南北どちらへ目を向けても海。ふと妹のことが恋しくなっても、飛行機で片道五時間かかる道のりに加え、交通費は往復で月の給料半分が消し飛ぶという素敵なロケーションだ。年に数回、里帰りするのがせいぜいだろう。

ただ、そこにさえ目を瞑《つぶ》れば決して悪い環境ではない。

特に、釣りのスポットに困らないのは嬉《うれ》しい。ミナトにとって数少ない趣味だった。

「ほんと、ミナトくんって見つけやすいよねー」

日没後。

教官としての初日を終えた後、我慢できずに灯台近くの防波堤で夜釣りを始めると、そんなミナトの習性を昔から知る星野《ほしの》ナツカがひょっこりと現れて、ほんわか笑った。

なんだかいつもに増して機嫌が良さそうだ。

「釣れてまっかー?」

「ぼちぼちっすな」

お決まりの挨拶《あいさつ》を済ませると、締まらない笑顔でクラゲのように現れたナツカは隣へ来て腰を下ろす。シャワー直後の夕涼みらしい。石鹸《せっけん》の香りがした。

「今日は教官デビューの日だね。どうだった？」

「人喰《ひとく》いザメに囲まれた」

「それは思ったよりもおおごとだったねっ⁉　大丈夫だったの。お怪我《けが》ない？」

「僕だぜ、サメくらい三秒で片付けてくれたわドヤーって言いたかったけど……おいしいところはクロエって訓練生に持ってかれた感じかな。妬《ねた》ましかったので反省文の刑」

冗談で言うとナツカが首をかしげる。

「クロエ？　ひょっとして、あのクロエちゃんかな」

「ああやっぱり噂《うわさ》になってるのね」

まあ、あれだけ教官相手に臆《おく》せず反抗するのだから、同じ立場の訓練生と摩擦を起こすのは日常茶飯事なのだろうなと予想はしていたが。実際そうらしい。

「あたしは直接会ったことないんだけど、なんかね、更衣室使ってる時とか名前が聞こえてくるの。それも悪口ばっかりなんだよね」

「その子たちの気持ちもわからんでもないが」

「ありゃ？　ミナトくんもクロエちゃんのこと嫌いなのかな」

「いや？　第一印象で言うなら好きだよ。我は強いけど、ある意味素直だし」

「そっかー」

ナツカの口元が楽しそうに綻《ほころ》ぶ。

「ミナトくんが好きって言うなら、きっといい子なんだろうね」

その笑顔。まるで尻尾《しっぽ》を振ってる犬にしか見えない。

「これ僕の夜食用おにぎりだけど、一個あげる」

「わーい」

かつての訓練生時代にシスコンのミナトが、妹不在に拘《かかわ》らず精神に異常を来たさなかったのは、わりとナツカのおかげかもしれない。自慢だけど幼馴染《おさななじみ》がかわいいです。

なんとなく、おにぎりを頬張《ほおば》り中のほっぺを突っついてみた。笑った。

「ん。なーに？　くすぐったいよ」

今度は赤ちゃんっぽい。

ここまで来ると、仮に育ちきった乳を揉《も》みしだいたところで何一つ文句を言わなそうだから逆に恐ろしい。いつまで僕の理性、もつかしら。この子が将来嫁に行く日には実の父親ばりに咽《むせ》び泣《な》いてしまいそうである。そうなる前にかっさらいたい気も。

変な気を起こす前に釣りに目を戻すことにした。

加えて話題の変更も行う。

「で。ナツカの訓練は進んでんの？」

「やばいよぉ……」

途端、わかりやすく落胆していた。

聞くところによると、中級過程に入ってから一気に伸び悩んだらしい。

アカデミーは普通の一般学校と違い、訓練生によって卒業までにかかる期間が異なる。完全な試験制。

初級課程実技試験／四十五科目。
中級課程実技試験／五十二科目。
上級課程実技試験／二〇科目前後（選択コースによって変わる）

以上、一〇〇を超える実技科目に加え、一般教養と専門知識を計るペーパーテストまで存在し、その全《すべ》てに合格してようやく訓練生の卒業が認められるのだ。

なお、卒業までの年数は平均で五年だと言われており、上限は八年間までとなる。それを過ぎると訓練資格を失いアカデミーから追い出されてしまう。つまり、二度と水使いになることはできないのだ。毎年、一人か二人はそうやって水使いになる夢を絶たれているという。

今年五回生である星野《ほしの》ナツカも、その憂き目が現実味を帯びる段階に入っていた。

「なんでかな、水に潜ることはできるんだけど。それ以上のこと、たとえばテリトリーを固くするとか形を変えるとかね、ぜんぜん上手《うま》くできないの。才能ないなーって思う」

「お前って、ほんとに領界特化型か？」

水使いは基本的に四つのタイプに分類されるのだが、そのうちナツカが属するはずの領界特化型とはテリトリーを直接的に操作したり変化させたりする技術に長《た》けた能力者である。

それこそナツカの言った「テリトリーを固くする」「テリトリーの形を変える」などの技術だ。本来、得意であるはずの操作ですら思うように行かないなんて、正直不器用にもほどがあるとミナトは思った。

「実は僕みたいに知覚特化型とか、別の属性と間違ってる可能性とか無いか?」

「そういうことってあるのかな?」

「まず無いな」

ソラリス関連の技術が発展した昨今なら、水使いの属性判断は一目瞭然《いちもくりようぜん》に近い。白のものを黒と見間違えるような話だ。アカデミーがそういう間違いをするとは考えにくい。

単純な才能の問題だろう。

クロエ=ナイトレイみたいに最初から完璧《かんぺき》にできる訓練生もいれば、星野《ほしの》ナツカのように基本ですら四苦八苦する子も中には出てくる。

「縁起悪いけど、お前、もしも卒業できなかったらどうする気」

「んー、とね」

ナツカは考えるように春の夜空を見上げた。

今さらミナトも気付いたが、今夜は快晴で星がよく見える。以前、聞いたことがあった。かつての大海害が原因で陸地は少なくなったけど、代わりに星空は美しくなったらしい。

隣にいる幼馴染《おさななじみ》に目を戻すと、彼女の横顔は星を眺めながら苦笑していた。

「ちょっと想像できないなぁ……あたし頭よくないし。ごめんね、駄目な子で……」

「いや、僕の方こそ変なこと訊《き》いた。忘れてくれ」

まだ卒業できないと決まったわけではないし。

それに、もしかすると彼女は水使いにならない方が幸せな人生を送れるかもしれない。

水使いになってしまったら、自分の配属先を自由に選ぶことはできないし、どこに行っても基本は海に潜る作業を強いられるので、命の危険も付き纏《まと》う。何かと厳しいエキスパートの道を歩むよりも、いっそ新しい夢を追いかけた方がナツカにとってもいいのでは？

そんなことも考えてしまう。さすがに過保護すぎるだろうか。

◇◆◇◆

今朝になってクロエ＝ナイトレイは反省文を提出した。

本来なら一枚か二枚で済むところ、しかし彼女が書いてきたのは実に十五枚。

本人も大作だと言わんばかりの得意気な顔付きでふんぞり返っている。

「思わず筆が乗ってしまいました」

才能の無駄遣いというフレーズを思い出しながら、ミナトは受け取った反省文を十五秒ほどパラパラと捲《めく》る。つまり一枚につき一秒間だけ目を通した。

直後、躊躇《ためら》いもなくシュレッダーに通す。ズガガガガガと。十五枚まとめて。

「あ――――ッ何をするっ！」

「再提出」

「寝る間も惜しんだのにっ。それに教官、捲《めく》っただけで読んでないじゃありませんか！」

「読んだって。僕のテリトリーの拡張能力、速読にも使えるから」

「速読能力？」

クロエは意外そうに瞼《まぶた》を上げる。

すぐに小馬鹿にしたような笑みを浮かべた。

「なんです、その地味な能力？　水使いでなくても、一般でできる人たくさんいますよね」

「速読っつうかデータ管理に近いんだけど。まあ、地味なのは事実かな。とにかく、クロエが書いたものを反省文とは認めないので書き直しすること。なんだあの、自己正当化と僕に対する批判に終始した文章。反省の欠片《かけら》も感じなかったぞ」

「だって反省してませんし。嘘《うそ》を書くのは嫌いなので」

「自分に嘘ついても書くのが反省文なの。君が納得してないのは承知の上で僕は反省文を書けと言っている。命令は守れ。世の中には自分が正しいと信じても苦渋を舐《な》めさせられる瞬間があることを思い知るがいい」

「教官って汚い権力者の典型ですね……」

「犬に噛《か》まれたと思って諦《あきら》めるんだな。とにかく、短くてもいいから書き直してこい。ちゃんとした反省文を受け取るまで君の訓練は進めないので、そのつもりで」

「そんな……横暴だ！」

「あいにく僕はその横暴を可能にできる立場なんだよね。ほら、帰った帰った」

「許さない、絶対」

恨みがましい表情でミナトを睨《にら》むと、少女は教官室から立ち去った。

ミナトは苦笑してしまう。

腹を立てて、それを顔に出すのが問題なのだと早く気付いてほしい。


とりあえず、午後一になってクロエが再提出した反省文には一応『以後気を付けます』などの文章が見受けられ、全体的に甘口だと思いつつも認めておくことにした。

山城《やまじょう》ミナトはクロエ＝ナイトレイの訓練を本格的に開始する。

と言っても、技術的な面で教えることなんてほとんど無いのだが。

「……呆《あき》れた才能だな」

人工島沖合い五キロの太平洋。深度一七〇〇メートルの海中。

テリトリーを纏《まと》う金糸の少女は魚影を追い越した。

その姿は泳ぐ、と言うよりも「水中を飛翔《ひしょう》する」という表現がより適している。

人魚か、さながら縦横無尽な魚雷。

末恐ろしいと言うか。あの無鉄砲な態度にも頷《うなず》ける。

――アカデミー中級課程、水中制御訓練Ⅳ種。

これは平たく言うと決められた水中コースを、海底廃墟《はいきょ》などの障害物を避けながら高速で移動するという、基本技術のおさらいを兼ねた応用訓練にあたるのだが、結果的にクロエは制限時間の半分以上を残す形で悠々とコースを回り終えていた。

むしろ、本来コースを先導しなければならないミナトの方が彼女に遅れを取るほどだ。

ミナトを出迎える形で、例の得意気で生意気な笑みを浮かべるクロエ。

「教官が訓練生より遅いなんて、だらしないと思いませんか?」

「いやー、速いね。完敗。君の勝ちだ」

まあ、あくまで水中における最低限の移動能力があるかを計る訓練である。一定以上の移動技術を習得すればそれで合格だ。それでも基本能力が高いに越したことはない。

しかし、教える余地が無いというのはなかなか辛《つら》い。前教官がギブアップするのにも納得。

おまけに。

「この程度の粗末な訓練、わざわざ参加する必要性を感じないのですが」

このビッグマウスと来るもの。

「だめだめ。各試験の前に対応した訓練に最低一回は参加する規則だから」

「またルールですか……お得意の。それならそれで構いませんが、でも私より能力が劣る人から指導を受けるのはどうかと。時間の無駄では? まあ、それも教官ならルールの一言で片付けちゃうんでしょうけど」

前の教官もこの減らず口を浴びて胃に穴が空いたんだろうなあ、と胸中で合掌するミナト。

ただミナトの場合、性格なのか、他人に馬鹿にされようがコケにされようが大して気にならない。プライドが無いとでも言うか、妹やら幼馴染《おさななじみ》など大事なモノがわりと一点集中している感じなので自分自身に対しては無頓着《むとんちゃく》なところがある。まあ、仮に妹をコケにされた日には相手が女子だろうが許さねえけど。

閑話休題。教え子が今の訓練時間を無駄だと言っている。

さて、どうしよう。

「なら、今度は勝負形式にしてみようか？」

ミナトが提案すると、クロエは訝《いぶか》しそうに目を細くした。

「勝負、ですか？」

「うん。と言っても、訓練自体はこれ以上やることが無いから、ここからアカデミーに帰りがてら競争しようってだけの話。ただ帰るのもつまらないだろ？」

「いいですよ。受けて立ちましょう！」

水に漂う妖精《ようせい》みたいな小柄が自信満々に無い胸を張っている。

うーん……、この子？

「じゃあ、負けた方が罰ゲームってのはどうだろう」

試しに提案すると案の定……実に〇・三秒で頷《うなず》いている。

「ええ、構いません。どうせ私の勝利は確定的ですし」

っきのが全速力だったんだけれど。

しかし、ミナトが勝負を持ちかけた意図にはやはり裏がある。勝つ自信があった。

少女がそのことに気付いている様子は無い。

あまつさえ玩具《おもちゃ》を見つけた子どものような顔でミナトに尋ねていた。

「それで、罰ゲームは何にしましょう?」

「ああ、うん……」

ここまで警戒心に欠けるとさすがのミナトでも良心の呵責《かしやく》を覚えるというか。

「それはクロエが決めていいよ」

「ほんとですか?　言いましたね」

蒼《あお》い目が燦然《さんぜん》と輝いた。

「では、負けた方が奴隷と言うことで!」

「ぶほ」

幼稚だけど極めてヘビィなの来ちゃった。

「君……」

この子って真性なのだとミナトは確信した。

真性のピュアだ。あの星野《ほしの》ナツカにも匹敵する。

こちらは罰ゲームまで持ち出してるのに、普通ならもっと怪しがらないか?

先ほどのミナトが実は手を抜いていたとか、少しも考えないのだろうか。いや、実際さどうしよう。教え子が人生を安売りしてる。

「それ本気で言ってんの？」

「ええ。今後一切、私に服従してもらいます。全《すべ》て私のルールに従いなさい。さしあたってアカデミーに戻ってから、私に不当なペナルティを科した件について反省文を書いてもらいましょうか。三十枚ほど。その他にも私が呼んだ時は犬のように走って駆けつけなさい。しかし、私も鬼ではありません、はい、卒業する頃には解放してあげますとも」

さも自分が勝利することを前提に罰ゲームの内容をすらすら口走る。

よほどミナトから命令を受ける立場が気に食わなかったらしい。

「……ふふ、我が人生最大となりうる目の上のタンコブを、こうも早く駆除できるとは」

「君の人生ってスパン短そうだなー」

「黙るのです！　今さら撤回なんて言っても聞きませんからね、ポチ教官！」

「誰なのそれ」

まあ、いいか。

箱入りお嬢様に慎重さを身に付けてもらう良い機会かもしれない。

奴隷転落を賭《か》けたレースを始めることにした。

十五分後。

「――――なぜだッッッ」

ゴールの浜辺で劇的に打ちひしがれる金髪美少女。

あれだけ負けフラグを立てまくったクロエが運命から逃れられるはずもない。結果はミナトの圧勝で終わった。

確かに、純粋なスピードなら彼女に分があったのは事実である。

この勝負を分けたのは、いわゆる『経験の差』というやつだろう。

「海で移動する時は速い海流を見つけるのがポイントだから、おぼえとこうね」

クロエはスタートした直後、最短ルートを選んでゴールを目指していた。

しかし、それだと対流にぶつかる形になりスピードがかなり殺されてしまうのだ。

初心者にはありがちなミス。

テリトリーを使って移動する場合、生身で泳ぐのとは違い肉体的な疲労感が少ない。そのためか、対流が強くても気にせず突き進む者も多い。

一方のミナトは、ゴール方面に向かう速い海流の存在を知っていたので、それに乗って楽々と移動したというのが事の真相である。

「とまあ、こんな風に、単純な能力の差だけじゃなく、環境的な条件を利用すれば作業効率が上昇することもある。それがわかっただけでも、この訓練は無駄じゃなかったろ?」

もともとそれを教えたくて仕掛けた勝負である。この子の性格だとミナトが普通に話したところで真剣に聞かないと考えたからだ。

だけど今も今で話を聞ける状態には見えなかった。

全体的に灰色になっている。

「……あいにく、今はあなたの偉そうな講釈を聞く気分にはなれません」

「負けたら服従」

「…………ぐッ！」

「奴隷の人が僕の話を聞かなくていいのかな？」

「もう死んじゃいたい！」

浜辺でビービー泣き出してしまった。まるでこの世の終わりのような様相だった。

大嫌いな教官に今後二度と逆らえないような口約束を交わしてしまったのだから、それも無理からぬ話かも。

しかし、ミナトも鬼ではない。卒業する頃には解放してあげますとも。

◇◆◇◆

十二歳の頃に受けた定期検査で『ソラリス』の適正者であることがわかった。

水使いになれば、サラリーマンより給料が高い。失業する恐れも少ない。将来は半ば安泰。

そんな、およそ子どもらしくない考えで親元を離れる決意をし、太平洋に浮かぶ人工島に隔離され、水使いになるために訓練生として三年間を過ごした。

その結果、現在の山城《やまじょう》ミナトには友人と呼べる存在が極めて少ない。

これぱかりは自業自得だと自覚している。

「ぎゃあ山城ミナト⁉」

「ぎゃあって」

先週から出張でウランバートルにいたアイシュワリン教官が島に戻ると聞いたので挨拶《あいさつ》に赴くと壮絶に青い顔をされた。

彼女は、ミナトが訓練生だった頃に専属で指導してくれた恩師である。インド自治区の出身で、健康的な小麦色の肌が似合う整ったプロポーションと、大人とも子どもとも付かない美貌《びぼう》を併せ持つ、二十一歳の若き女性教官である。加えて快活かつ面倒見良い性格も手伝って、当時からアカデミーでも男女問わない人気を博していた。繰り返すが青い顔をされた。

わざわざ空港前で待ち構えていたと言うのに。

彼女は両手にあった土産らしき紙袋もトラベルバッグも地に落とし、引きつった表情でかつての教え子に指を突きつける。

「ななな、なーんで貴様がここにいるッ！」

「貴様って。……あれ、学長から聞かされてなかったんですか？　二日前から僕も教官になったんですよ。つまりアイシュ教官の同僚になりました。今後ともごひいきに」

「うはあ何その悪夢ぜんぜん聞いてないッ。確かに、教官候補者リストにあんたの名前あ

ったけどハハハ絶対こいつ採用されるわけねえザマァくらいにしか思ってなかったのにッ！　マジで採用するとか、あの学長たまに何するかほんと読めないわ……てゆーか無理よ、無理無理無理ヤダヤダヤダ殺す殺す殺す今度こそ殺しちゃいそう」

と頭を抱えて踊り始めている。よく見れば地団駄かもしれない。

「相変わらずっすね。安心しました」

かつての訓練時代を思い出し懐かしくなったミナトは無駄にイイ笑顔になってしまう。

これればかりは改善するつもり、さらさらなかった。

「相変わらず、エロかわいい格好しちゃって、その分だとさてはまだ彼氏できてませんね。まあ確かにこんな辺鄙《へんぴ》な島にいたら出張でも使わないと素敵な出会いは無いと思いますけど、でもそんなに可愛《かわい》いんですから胸を開いたブラウスであざとく逆ナン待ちなんてせず自分から積極的にアプローチかければいいのに。あ、荷物持ちましょうか？」

「うるさーーーいッ！　あんたこそ相変わらずセクハラ小僧だなッ。胸のボタン外してるのは暑かったからだし、べべべ別に彼氏できないから焦ってるわけじゃないもん！」

「もんって」

荒ぶると言動が幼くなるところも変わっていない。

我ながら困ったものだとミナトも思っている。

昔からこの手の人……つまりリアクションが大きい人が大好きで堪《たま》らない。男子が子どもの頃に好きな子をイジメたくなる心理と言うか、からかえばからかうほど可愛くなってしまうので、ついつい悪いクセが付いてしまったと言うか。そのおっぱい邪魔じゃないですかと何気なく聞いた時にノリツッコミで返してくれた時にはさすがに感動すら覚えた。

　そんな師弟関係もあってか、いつしか『山城《やまじょう》ミナト＝セクハラ男子』というイメージがアカデミー内で定着してしまい、それを知る女子訓練生の大半はミナトを見ると蜘蛛《くも》の子を散らすように逃げ出してしまう状態だ。能力も歩くスリーサイズ計測器だし。

　だから、ミナトがクロエ＝ナイトレイの態度に腹を立てないのはそういう背景も関係しているかもしれない。そもそも自分自身が教官に対して無礼な少年であったから。

　気が付くとアイシュワリンがファイティングポーズでミナトを窺《うかが》っていた。

「ほ、ほんとに教官になったわけ？」

「自分でも驚きですが。まあ僕って図太い性格らしいですし、学長は最初から僕をクロエって子の当て馬にする目的で採用したのかもしれませんね」

「……ああ、あの子か。確かにあんたとはお似合いだわ。しかし、あたし的には災厄以外のナニモノでもないのだがっ！」

「ひどいなぁ。また昔みたいに仲良く泥んこレスリングしましょうよ」

「酔った時の話をするなッ！　バッカじゃないの仲良くした覚えなんて金輪際ないし当時は訓練生だから大目に見てやったけど……同僚と言うならもう容赦はしないいッ！　死ねッ」

「死ねって」

「さしあたってはあたしの荷物を持て！」

「……いやだから、ついさっき持ちましょうかと」

やっぱり、口では言うわりに酷《ひど》い扱いをしない人である。

だからミナトも口で言うわりに、彼女のことを心から尊敬していた。


これは有名な話なのだが、このアカデミーの教官宿舎は完全な男女共用である。これにはセキュリティ設備が充実しているなど、いくつか理由が存在する。

なのでアイシュワリンの荷物持ちはミナトにとって帰宅も兼ねていた。

人工島の空港からアカデミーの敷地まで、優に一時間かかる道のりだが、彼女が選んだ手段はなぜか徒歩である。

積もる話にはちょうど良いのだが。

「一緒の方角に帰るなんて、まるで恋人みたいですね」

結局は益体《やくたい》も無いことを笑いながら言うと、傍らを歩く彼女からきつく睨《にら》まれる。

「ちょっと……グロテスクな冗談やめてくんない？　あんたって、自分の能力で監視カメラも赤外線装置も避《よ》けて侵入しそうだから怖いわね。部屋来たらズタズタにしてやる」

「いや、僕って一応セクハラする時にルールを設けてまして①ボディタッチしない②プライバシーは守る③ターゲット以外は狙《ねら》わない、の三点です。これを破ったりは決して」

「セクハラしてる自覚がある時点でやめなさいよッ!?　つーか、なんなのそのターゲットって、あたし見事に含まれちゃってんのかッ」

「含むと言うか、唯一無二の標的？　この広い世界で一人だけの特別な存在」

「うわあキュンと来る台詞《せりふ》なのに不思議と嬉《うれ》しくないッ！」

「だいたいアイシュ教官の場合、下着とか部屋に脱ぎ散らかしてる光景がまざまざと目に浮かぶので、わざわざ侵入するまでもないわけで」

尻《しり》を蹴《け》られた。

「なんでアンタがあたしの部屋事情を知ってんのよ……」

「図星かよ……ダメっすよ、水使いの資格あるからって掃除とか料理の腕は磨いとかないと。いまだに家事は女性の役割だって考える男も多いみたいですし。そう言えば、前の彼氏さんとも手料理が原因で別れたんでしたっけ？　インド人と思えないようなカレー事件」

「ちっがぁーう！　あれは遠距離恋愛だったからだと前にも説明したろうがッ。ああもう！　喉《のど》が嗄《か》れる……あんたの相手してると素が出るからヤダ。消し去りたい」

「出会った頃は、みんなの憧《あこが》れのお姉さんだったのに」

「貴様のせいじゃボケ、サメに喰《く》われて殉職してしまえ」

「ああ、サメで思い出した」

まあ正確には忘れていたわけでなく、切り出すタイミングを計っていた感じだ。

クロエ＝ナイトレイのことである。

　彼女について、かねてからミナトは他の先輩教官の見解を聞いてみたかったわけで、それなら最も信頼するアイシュワリンがいいと思っていたのだ。今日空港で待ち伏せしていたのも、そういう理由もあってのことだった。

　ちょうどサメというキーワードも出たところで、ミナトはクロエに反省文を書かせた件から順を追ってアイシュワリンに伝える（でも奴隷化のくだりはカットした）。

　そして、最後に総評的な所感を口にする。

「あの子は技術面よりも、精神的な部分を重視して学ばせるべきだと思うんですよ」

「それはあたしも同感」

　話を聞き終えたアイシュワリンは切り替えが早く、平静の表情で頷《うなず》いている。まさか、彼女と仕事の相談ができる日が来るなんて——と、自分が教官になった感慨を妙なところで抱いてしまうミナトだった。

　なんだかんだで面倒見の良いインド姉ちゃんは受けた相談について長々と語り始める。

「確かに、クロエの才能は水使いとして至宝と言ってもいいモノだわ。基礎能力からテリトリー拡張時の固有能力まで、どれをとっても一級品。何より、その高いステータスを感覚だけでコントロールしてるのは驚愕《きょうがく》の一言。あたしらが技術的に教えられることなんて極《ご》わずかでしょうね。——でも、残念なことに本人もそれを自覚して、しかも誤った方向に解釈しちゃってる。クロエは、自分が水使いとして《完成してる》と認識しちゃってんだかのよ。それは事実だけど、間違ってもいる。心技体って言葉のうち、一つは欠けてんだから」

確かに。

言葉にするとそんな感じだなとミナトは思った。

さすが、教官としての経験が長いだけあって分析の言語化が上手《うま》い。

「それ、本人にも伝えました？」

「言うわけないでしょ。めんどくさい」

にべもなく手をひらひらと振った。

「あたしって自分の教え子以外に愛着ってないし。それに、言ったところで真剣に聞いちゃくれないわよ。教官すら見下してんだもん。はっきり言って関《かか》わる気なんてゼロ」

それもそうだ。

それはそうと、今なんか絶妙に萌《も》えた気がするのだが。しかし、指摘したら本人は間違いなくキレるんだろうなぁ。真面目《まじめ》な雰囲気で話の腰を折ることもあるまい。

クロエ談義を続けた。

「根は純粋でわかりやすい子だと思うんですけどね」

「だからこそ厄介なんじゃないの。自分が一番だと信じて疑ってないんだもの。あんたの言うように、技術面より精神面を重視してカリキュラム組んだ方が、あの子の成長に繋《つな》がるとあたしも思うわ。たとえば一般の学校みたいにクラスメートと交流する場を設けるとか」

——なるほど。

「クラスメートですか」

「でも悲しきかな、このアカデミーにそんな和やかなシステム無いんだけどね。まあ、せいぜい頑張りなさい。応援はしないけど」

「いえ、ありがとうございます、アイシュ先輩。参考になりました」

素直に礼を言うミナト。ヒントなら得られたし、彼女に話をして良かったと思う。

ところで、気が付くとアイシュワリンが足を止めていた。

立ち尽くしている。そして沈黙。十秒が経過した。さすがにミナトは首をかしげる。

「どうかしました？」

「え？　参考になりましたと」

「いまなんつった」

「違う。その前」

「えーっと……アイシュ先輩？」「もう一回」「アイシュ先輩」「ワンモア」

七回目を復唱させられた頃になって気が付いたが、よく考えるとミナトが来るまでの間、アカデミーの教官で一番の若輩がアイシュワリンだったのだ。

だから彼女は、意外と後輩という存在に憧《あこが》れていたのかもしれない。

その証拠に、再び歩き始めた彼女の足取りは心なしか軽快で……

そして、唐突に気前いいことを言い始めた。ごにょごにょと。

「……ついてこい。ゴハンおごってやる」

ほんと、いい先輩である。

◇◆◇◆

「ミナト教官って女の子にセクハラするらしいですね」

クスクスと。

懲りない少女、クロエがいつもの勝ち誇ったような笑みを浮かべて訓練生時代のミナトの評判を口にした。有名な話なので特に驚くことはない。

むしろ意外だったのは彼女が普通に目の前にいること。奴隷になってしまった手前、しばらく行方不明になることも想定していたのだが、潔い性格なのかはたまた都合良く記憶を封印してしまったのか、とにかく平然として昨日の契約場所（浜辺）に立っているのだ。ひょっとして奴隷扱いされたいのか？　ミナトの中でクロエに対するドM疑惑が浮上する。

しかし、乱用するつもりはないので、今回のところは無難に対応しておいた。

「その話、友だちから聞いたの？」

「いえ？　姉さんなら今は任務中で連絡が付きませんけど」

友人と聞いて姉妹の近況で返すのもおかしい話だと思うが。ちなみに彼女の姉と言えばミナトと同期入学で翌年にはスピード卒業していったあの人だろう。有名人だが、会話したことすら無い。姉妹ともども優秀なナイトレイの血筋である。

それはさておき、クロエは風の噂《うわさ》を嗅《か》ぎ付けたらしい。

「更衣室で話題になっているのを耳にしました。決して盗み聞きしたわけじゃありませんので、そこは勘違いしないように」

どうにも、このアカデミーの女子更衣室ってのは噂の温床らしい。

しかもクロエはわざわざメモってきたらしく、週刊誌記者さながら朗読を始めている。

「で。聞こえてきた内容をまとめるとですが――①ブラ透けをチェックする②自分の能力を悪用して女子の胸囲など身体値を正確に目測する③独自の情報ルートで恋人との情事を暴き赤裸々にする④毒電波で女性を孕《はら》ませる⑤奴《やつ》の母国語は淫語《いんご》である⑥幼馴染《おさななじみ》の星野《ほしの》ナツカは調教済み⑦意外と鎖骨が好き――以上です。反論は？」

「案外⑦が当たっててビビった」

「残りはデマだと？」

「まず⑥は完全デマだね。それ以外は、ああなるほどって部分もある」

と言っても全《すべ》てアイシュワリン絡みな上に尾ヒレ背ビレが激しいが。あの教官、昔からうっかり者で頻繁にブラ透けするので何回か注意したことがあるし、元カレと上手《うま》くいってた時期は聞いてないのにノロケ始めるから嫌でも情報が集まり、破局した今はミナトもそのことをネタによくからかっているのは事実だ。それと妊娠云々《うんぬん》はたぶん、当時アイシュワリンと仲の良かった女性教官が『できちゃった結婚』で退職したエピソードが元ネタだろう。

　くしゃっと、クロエが自前のメモ用紙を握り潰《つぶ》した。

「そうですか。まあ、こんなゴシップに踊らされる気なんてありませんが」

「あれ、信じないんだ？」

　当たり前です、とクロエは胸を突っぱった。

「私に対して教官がセクハラに該当する行為へ及んでいませんので。事実と反します」

　いや、なにその自信？

　これこそクロエ節と言うか。セクハラ常習犯の男なら自分のことを放《ほう》っておくわけがないと本気で信じているらしい。ミナトも一応男子なので異性の身体《からだ》に興味は尽きないが、しかし彼女にお菓子をあげたいとは思ってもムラムラすることはたぶん無いぞ。しばらく。なんだか微笑《ほほえ》ましい。訓練終わったらジュース買ってあげよう。

　ミナトがほんわかしていると。

「でも、教官が世の女性から蔑《さげす》まれる存在であることは理解しました」

「うん。世界規模にしないでね」

　あくまでアカデミー限定での評価である。いや、街に出ればモテるわけでもないが。

　しかし自分の尺度が宇宙の真理である少女は何故《なぜ》かミナトを慰め始めている。

「気に病むことはありません。あなたみたいに人格の破綻《はたん》した冴《さ》えない男でも、水使いのライセンスさえ持ってしまえば食べていけるステキな世の中なんですから。安心しなさい。

せめてもの同情で私も今は、あなたから指導を受ける立場に甘んじてあげます。ミナト教官って、私にまで見捨てられたらアカデミーを追われちゃいそうですからね、フフ」

この顔である。

「感動で言葉も出ないよ」

どうやらミナトの悪評を聞いたことで本日は完全復活を果たしたらしい。相変わらず単純だ。この分だと自分が、その冴《さ》えない人格破綻《はたん》者の奴隷なのも忘れてるだろう。

思い込みが激しいのは玉《たま》に瑕《きず》だが、この気の強さは紛《まぎ》れもなく彼女の長所だろう。

「じゃあ、今日の訓練内容だけど」

ひとまず普通に訓練を開始する。


まだ準備の段階だ。

種は蒔《ま》いたつもりである。しかし、そこに咲く花の色はまだわからない。

『山城《やまじょう》ミナト教官、学長がお呼びです。昼食後、学長室まで。繰り返します――』

昼休憩の時間帯に入ってすぐ、教官専用の通信機にアナウンスが流れた。

今日も訓練棟屋上で弁当を食べていたミナト（屋内ラウンジを使うと女子たちが嫌な顔をするため）は、急遽《きゅうきょ》ピッチを上げて食べ終えると足早に学長室へと向かう。

呼び出しの理由には想像が付いている。

午前中にミナトが相談していた件の回答だろう。

「もう少し、あんたは合理的な奴《やつ》かと思ってたよ」

入室するなり、学長は開口一番言った。

大柄で筋骨隆々な彼女だが、学長室の机と椅子《いす》は一般的な規格と比べてずいぶん大きいので、窮屈そうなこともなく、シルエットとして見れば普通。むしろ、逆光を背負う姿は知的な印象すら受ける。

影が差して表情は確認しづらいが、声と台詞《せりふ》からしてたぶん呆《あき》れているのだろう。

結論が見えないので、ミナトも探るように言葉を返す。

「合理的な奴、と言いますと？」

肩を揺らす学長。笑っているようだ。

「いや、あんたがあの小娘に肩入れするのが意外でね。実はロリコンだったのかい？」

「意地悪を言いますね。あの子の担当を僕に命じたのは学長でしょうに。教え子のために試行錯誤してみるのが、それほど不思議ですか？」

「普通の教官と普通の訓練生だったらね。だったら私もトレンディドラマっぽい青臭い展開に苦笑しながら判子を押してたと思うよ。ただ、それが山城ミナトとクロエ＝ナイトレイと来たもんだから、ちょいと面食らっちまっただけさ」

「判子押さないような流れですね」

「押す前に、聞いときたいことがあってね、」

一拍を挟んだあと、学長は机上にある一枚の紙を指で摘《つま》み上げた。それは恐らく、ミナトが朝イチで提出した要望書だろう。

紙面を眺めながら、彼女は鼻を鳴らす。

「配属時にも説明したと思うけど、このアカデミーの教官ってのは担当訓練生の卒業ペースが早いほど評価が上がるシステムだ。何故《なぜ》なら、水使いの育成速度が上がるとアカデミーに対するお上の評価も高くなるから。しかし、なんだい？　あんたの要望通りだと、たぶんクロエの卒業ペースは極端に落ちるだろうね。得られる評価も下がっちまう」

「下がっちまいそうですね。そこをなんとか！」

「必要あるかい？　クロエは、性格があんなんでも技術は完璧《かんぺき》なんだ。余計なことをアレコレ苦心せず、付かず離れず、さっさと卒業させちまった方が楽だと思わないかい。どうせ訓練と試験さえ与えとけば、勝手にサクサク合格しちまうんだろうから」

「なんだか誘導尋問めいたものを感じてます」

「考えすぎ。裏があるなら今のうちに聞いときたいってだけの話さ」

「裏、ですか。聞いたら学長、怒りませんかね？」

「それは内容次第」

なぜクロエのカリキュラム変更を要望したのか？

手間が増すことを承知で「完璧な少女」に遠回りをさせる理由とは何か？

そんな学長の質問に対して、ミナトは包み隠さず本心を明かす。

実に単純明快だった。

「クロエって、うちの妹にそっくりなんですよ」

学長は思い切り首をかしげる。

「はあ？　完全に公私混同じゃないか」

「我ながらアホかと」

それは性格でも外見でもなく、雰囲気が。

優秀なのに抜けていて、そのくせ変に前向きなところとかそっくりだ。お互い、失敗を微塵《みじん》も恐れない根性とでも言うか。ちなみに妹の座右の銘は『落としたらすぐ拾う』である。

出会った時から、クロエを見るとどうにも和んでしまう自分がいて不思議に思っていたが、原因はそれだった。学長の言う通り、極めて個人的な願望だと思う。

「感心しないねえ。公平性ってモンを欠いてる」

「でもやっぱり自分が可愛《かわい》いので学長から殴るとか言われたら要望を取り下げるかも」

しかし学長は笑う。

「いんや。押すよ、判子」

「信じてました」

「理由は不純だけど、効果が見込めるのは事実だからね。うちの卒業生が傍若無人な問題児だと評判になるより、少しはマシな性根に育ってくれた方があたしも助かる。何より、新しい分野にチャレンジするってのはいいことだ。やってみな」

「ありがとうございます」

とりあえず第一関門突破。アカデミーの代表責任者からＯＫをもらうことができた。

しかし、それが吉と出るか凶と出るかはクロエと、もう一人の訓練生次第だろう。

「では、来週からクロエに〝バディ〟を組ませます」

◇◆◇◆

「ミナト教官」

「おう」

「……そこの、見慣れない女性は誰ですか？」

今日のクロエは不機嫌そうだった。

不穏な空気をいち早く察知して警戒しているのかもしれない。

ミナトの背後にいた女子訓練生は紹介を求められると自ら前に躍り出た。朗らかな笑顔で元気よく手を上げる。しゅたっと。

「あたしね、星野《ほしの》ナツカだよ。えっとね、ミナトくんと同じ日本自治区出身の十七歳で五回生で好きなものはメンチカツとクラゲ。あ、クラゲは食べる方じゃなく飼う方ね。趣味はアクアリウムで特技は未《いま》だありませーん」

思わずミナトは幼馴染《おさななじみ》に拍手を送る。彼女の人となりがわかる、とても良い自己紹介だ。

クロエはさらに不機嫌になった。

「私の知りたい情報が一切得られなかったのですが」

「あれ？　んとね、身長一六二センチで、体重ないしょ。スリーサイズは上から八――」

「言わんでいい！　……イヤミかっ。そうじゃない。私はあなたの個人情報に興味は持っていません。今は私の訓練なのに、なぜ他の訓練生の姿があるのか。それを聞きたいんです。ソラリス石のグループ採掘ならこの前やったばかりでしょう」

もっともな疑問。隠す気が無いミナトはありのままに答えた。

「この子が今日から君のパートナーになるからさ」

説明の順番が狂ってる確信ならある。

予想していた以上に少女の表情は白けていた。

「……あの、仰《おつしや》る意味がよく」

「実は彼女も、君が以前チクチクいじめたせいで胃に穴を空けた教官が担当してた訓練生で、現在は手の空いた教官の間でたらい回しと言う、軽い難民状態に陥っているのだ。このままだと卒業にも関《かか》わりかねない」

「だからなんだと言う」

「心が痛まないか？　こんな人畜無害の塊みたいな子が苦境にあると聞いて」

「ねーねー、ミナトくん、ジンチクムガーってどういう意味？」

「……いま、イラっとはしましたが。心が痛むとか、同情の余地は感じませんね。難民うんぬん以前に本人の資質の問題では？　入院した教官にしろ、私に少し小言を言われた程度で体調を崩すなんて、プロの水使いとして自覚を欠いてるとしか思えませんね」

やれやれと言わんばかりに冷笑しつつ首を振っている。ミナトは溜《た》め息《いき》を返す。

「みんなクロエみたいに優秀で図々《ずうずう》しくないいんだよ」

「ほ、誉《ほ》めたってなんにも出ませんからっ」

それにしても都合の良い耳だな、ほんと。

「とにかくだ、僕は一人の教官として星野《ほしの》ナツカ訓練生のスローペースに懸念を抱いている。そこで、優秀な君の傍《そば》において刺激を与えたい」

モノは言いようだな、と我ながら。どうせクロエにバディシステムを取り入れるなら、ついでに将来が心配だった幼馴染《おさななじみ》の訓練も同時に進めようというのが魂胆である。公私混同、ここに極まれり。

これより先は飾り気の無いミナトの本心だ。

「あと、クロエにはチームワークってものを学んでほしいと思ってさ」

「チームワークぅ？」

なにそれ食えんのって顔してる。

「君が将来、どの部署に配属されるか知らないけど、どこに行ったたって他人との協力は必要だ。いちいち仲間を胃潰瘍《いかいよう》にしてたら仕事にならないぞ」

「簡単に胃腸を壊す仲間など求めておりませんので」

「水使いになったら仲間を選べる立場じゃないんだって。ついでに言うと今は僕の決定に反対できる立場でもない。この意味、わかるよな？」

「チ」

まさか舌打ちしやがった。天晴《あっぱ》れです。

「まあ、あなたの横暴さに今さら驚くつもりはありませんが。それで、そこの、干し田ナツカさんでしたっけ？」

「あたしそんな乾いた名前じゃないよ、星野だよ」

「すみません。クイズ番組でおバカを売りにするアイドルのようなあざとさが目に余り業界から干されてしまえと言う私の本音が無意識に漏れたのかもしれません。――で、その星野さんと私は具体的にどうすればいいんです？」

「ああうん。君がナツカに訓練してあげて」

「はい？」

これぞミナトが提唱した〝バディシステム〟の仕組みだ。

「パートナーが合格した科目だけ、君もその試験を受けられるという新ルール。つまりナツカが躓《つまず》くほど君の卒業ペースも落ちるから。大変だと思うが、がんばるんだぞー」

「なにそれ待たんかっ！」

いよいよクロエの顔色が大きく変わる。

「この見るからに覚えの悪そうな人に、私がモノを教えろとッ？」

「こら、人を指で差さない。君、僕が決めることに今さら驚かないんだろ？」

「ごめんなさいでも驚いたっ。姉さんと同じ二年間でのアカデミー卒業が私の秘めたる野望だったのに、こんな重そうなお荷物押し付けるなんて……横暴にもほどがあるっ」

「重そうって……体重の話はタブーなんだよぉ……」

別の角度で落ち込む本人をミナトは目撃したが、今は激昂《げきこう》するクロエの相手をする。

「クロエは今までお姉さん以上のペースで進んでたし、がんばれば間に合うと思うぞ。それに、訓練生を卒業させるかどうか決めるのは教官だから。ナツカに指導できる能力があれば卒業させてやってもいいと言うのが僕の判断」

「だからってーッ！」

「ドぅレぇイ」「う……」

——それは、魔法の言葉。

かけがえのない約束。二人だけの秘密。色褪《いろあ》せることがない思い出だった。

なお、濁りきった発音により、心当たりを持つ当事者にしか解読できない特別仕様である。

その言葉を耳にした途端、両腕を振り回しながら抗議中だったクロエがぴたりと止まった。表情こそ引き攣《ひっ》っていたが、まるで条件反射のように腕を下ろしていた。

怒りのせいか、少女の顔は真っ赤。

そして、すっごいふて腐れた声で。

「…………………さー、いえすさー」

驚きの扱いやすさ。

普段はあれほど傲岸不遜《ごうがんふそん》な態度を取るくせに、やることはフェアと言うか、自分で交わした約束は決して破らないらしい。良くも悪くも正直者なのだろう。ここまで効き目があると、今後使うのも躊躇《ためら》ってしまいそうだ。

「僕の要求はこれだけだし、あとは君らしくしてなさい。ドゥレェイの話とか気にせず」

「なら私らしく、ミナト教官の息の根を止めてもいいでしょうか？」

「やれるものならな！」

――と返すのに憧《あこが》れるが、しかしクロエが本気で拡張能力を行使すれば一瞬でミナトはバラバラ殺人の被害者になるだろう。それほど少女のテリトリーは凄《すさ》まじい。黙って過ごした。

一方で、拡張能力の展開すらままならない先輩訓練生、星野《ほしの》ナツカが頬《ほお》を膨らませた。

「だめだよー、ミナトくんにひどいことしちゃ。仲良くしよ。ね？」

「いら」

傍目《はため》に見てもイラっとしてるのがわかる。たぶん、内心では「このカマトトが！」と思ってるのだろう。しかし、残念ながらナツカは素なのだ。じきにわかる。

一見、相性が悪そうな二人だが。

「……だいたい、なんですかそのミナトくんって！　ちゃんと教官と呼びなさいっ」

「えー？」

さっそくナツカに指導っぽいことを口にしているクロエ。

なんだか上手《うま》くいきそうな予感を漠然と抱くミナトだった。

先輩も教官も関係無い口の悪さを誇るクロエだが、それもクラゲのようにのんびりした性格のナツカには通用しない。コンビとしては成立してるだろう。

友だちとの交流。そして、何事も自分の思い通りにいかないという人並みの苦労。

今のクロエにおよそ必要だと思われる二つの要素を、バディ形式の訓練で感じてほしいとミナトは考えていた。

彼女たちは、もしかすれば良い関係を築けていたに違いない。

あの時、運命にさえ嫌われていなければ——

◇◆◇◆

——化け物が逃げ出した。

場所はアカデミーのある人工島から南西に四〇〇キロの太平洋。

水深一五〇〇メートルの海底。

昼夜に関係なく太陽の光が届かない暗黒の世界には、廃墟《はいきょ》と化した建物が連なっている。

百年前まで〝大阪〟と呼ばれていた日本の市街だ。

かつては大きな都市だったこの街も、当時の大海害により完全に水没し、今は住民を失い空虚な広がりを見せるだけ。この深さまで来ると海生生物も少なく、さながら地獄のような静けさに包まれている。

しかし、午前零時。

にわかに静寂は破られた。

「――こちらα班のステラ。先ほど《アンダー》と思われる遊泳物を捕捉《ほそく》。位置確認を求む。オーバー」

『こちら二班のタチバナ。そちらの現在地を確認した。合流を開始する。それと、何度も言うがお前はアルファじゃなく一班な。統一しろバカたれ。オーバー』

「だってαの方かっこいいでしょ。あんたこそ合わせせな。オーバー」

通信を終える。α班……もしくは一班のリーダーであるステラは背後で待機するメンバーに振り返ると言った。

「ほら、コマキ、行くよ。見失ったらタチバナにイヤミ言われる」

メンバーと言っても、ステラを除けばコマキと言う名の女性が一人だけ。

「オーサカって夫婦《めおと》漫才の聖地らしいですねー」

「何よ、急に」

「どーせならー、タチバナと一緒にどーですー？　二人って、いー感じですよー？」

「アンダーに喰《く》われて死ね」

「ひっどぉーい。水使いの通信兵って貴チョーなんですよー？」

二人は特殊なダイバースーツこそ纏《まと》っているが、呼吸器の類《たぐい》は一切装備していない。繰り返すが、およそ一五〇気圧に相当する深海である。本来ならば空気の有無以前に、生身に近い人間が活動できる場所ではない。

しかし、それも水使いならば話は別。

ソラリスの恩恵を受けた彼らは、水との親和性が極めて高くなり、たとえ水の中でも窒息することはなく、空気振動とは異なる経路で会話を成立させ、無きに等しい光量でも視界を奪われずに活動できる。そして中には、そこにいるコマキのように、無線電波が使えない水中でも遠距離間の会話を成立させる特殊能力者もいた。

それらの超常的な活動を実現するのは、水使いが有するテリトリーによるものだ。水使いである彼らが水に殺されることはなかった。

水中での移動能力も兼ね備え、その速度は個人差もあるが平均で約四〇ノット。この速度をもってして、彼女たちは目標の追跡を継続する。

「つくづく、お粗末な話よね」

「はい？　なにがですー」

海中にステラの声が響き、彼女の後ろを付き従うコマキは疑問を返した。

ステラは肩をすくめる。

「〝牧場〟の連中よ。たとえ一匹でもアンダーを逃がすとか、超笑える」

「なら、笑っていきましょー。世間様にバレたらコマキたちみーんな極刑ですねー♪」

「やっぱり笑えん……。さっさと始末を付けよう」

廃墟《はいきょ》と化した大阪を二人は進む。

ビルの谷間を縫って推進する姿は飛んでいるようにも見えた。

「まー幸い、逃げたのはクラスDの廃棄体ですしねー。ステラ一人でもヨユーではー？」

「念には念を、よ。タチバナの班が来るまでは尾行する」

「了解ですー」

彼女たちの視界の先には、常に一つの影が留《とど》まっていた。

全体感は巨大なオタマジャクシにも似ている。ただ、はっきりとした前肢を持ち、海底を這《は》いずるがごとく突き進んでいた。

その動きは無秩序で、理性を感じさせない。時折り廃ビルに衝突しては壁などを壊している。目的なんて無いだろう。奴《やつ》はただ、生きているだけである。

目的を与えるのは人間の所業だ。

「そう言えばー、コマキには素朴な疑問が一つ、あるんですー」

「なによ」

「アンダーって名前の由来ですよー。以前は単純に〝実験体〟でしたよねー？」

「ああ、それね。あたしも気になってタチバナに聞いたわ。最近統一したみたい」

その時、海中に強い光が生まれた。

遊泳するアンダーを爆撃が襲う。暗黒の世界に、いくつもの炎が花咲くように生まれた。

機雷にも例えられるその能力は、二班のタチバナが得意としているものだ。広域破壊に特化している分、命中精度は低いので今回のような単体討伐には向いていない。

ステラたちに対する合図の意味合いが何よりも強いのだろう。

作戦開始だった。

「仕掛ける前に連絡くらい入れてよね……」

ステラも戦闘態勢に入る。彼女が纏《まと》うテリトリーは輝きを一層増して、次第に一つの武装を形状化し始めた。

——領界特化型能力者。

古代剣闘士が使っていたグラディウスに近い、偉容なブレード状のエネルギー。

テリトリーの硬質化。水使いの中では変哲のない能力だが、それを双剣として扱うステラの戦闘力は極めて高い。今回の討伐作戦でも、タチバナの爆破はあくまで陽動であり、アンダーに対する最後の一撃を任されているのは彼女だ。

再三に渡る爆発から逃れるように、浮上したアンダーは建物よりも高い水位、広い空間へと移動した。

周囲に隠れる場所は無い。仕留《しと》めるには絶好の位置だ。

「おっと」

いけない。

出撃の直前、ステラは忘れないうちにコマキの質問に答えておいた。

「さっきの質問だけど——Under control of the SORALIS——よ。つまりソラリスに支配された者。奴《やつ》らアンダーは、あたしら水使いとは真逆の存在って意味」

「ほうほう」

コマキの感心した声を耳にした頃に、ステラは深海の闇《やみ》を飛翔《ひしょう》した。

「とどめ、刺してくるわ」

午前零時過ぎ。海底に沈む大阪を舞台に、いくつもの影が交錯を続ける。

その事実を知る者は、まだ少ない。

Episode.2　半透明少女関係

生きた鉱物〝ソラリス〟はどこから来たのか。

――いわく、宇宙空間から飛来したのだ。

――いいや、地底深くに眠っていたのだ。

――さては、異次元の扉でも開いたのか。

――或《あ》るいは、水使いの祖となる者が能力で世に生み出したのでは？

エトセトラ。他にもいろいろ、有識者の間で諸説が飛び交っているが、中には荒唐無稽《こうとうむけい》な話をまことしやかに囁《ささや》く人間も少なくない。

正体不明の超自然的物質。

しかし、現代、人類社会はそのソラリスに依存して大海害からの復興に成功した。

このソラリスという鉱物によって誕生する水使いとは一種のミュータント。

つまり、造られた超能力者だ。

女性で千人に一人、男性なら万人に一人の確率で生まれる水陸両生の人類。

生物の多くを拒絶する深海という空間においても彼ら水使いは生命活動を維持するので、メタンハイドレートなど海底に眠る燃料資源の調達も容易になり、従来では莫大《ばくだい》な資金をかけていた海底工事の現場、さらには海底遺跡の調査などあらゆる場面で能力を発揮した。

何より、人命に関《かか》わる事故が尽きない海で、水使いは誰よりも優れた救助隊と化す。

訓練生、星野《ほしの》ナツカが自身のテリトリーを拡張し、流動するエネルギーの一部を切り離して海に浮かべた。

その形は……ちょっとエチゼンクラゲに似ている？　大きさもそのくらい。

途端にクロエが叫ぶ。

「はい死んだ！」

「わ？」

「皆さん溺《おぼ》れて亡くなりましたっ！　なんですかその妙に可愛《かわい》い形した控えめのテリトリーは っ。私はテリトリーで救命具を作れと言いましたよね？　仮に客船が転覆したら何百人という乗客が海に投げ出されるんですよ。そんな大きさだとカルネアデス状態です！」

「えっと……軽いDEATH状態？」

「当たってるけど違うっ。カルネアデスの板！　二人のうち一人の命しか助からないという二者択一に関する逸話です。つまり星野さんの作るテリトリーでは一人助けるのが関の山」

「おー、なるほど。クロエちゃんって物知りだよね。尊敬だよ」

「こ、こんなのは常識ですけどっ……」

素直に褒める先輩と素直に照れる後輩。

海面から顔を出している二人を、ミナトは海面に胡坐《あぐら》をかいて眺めていた。

正確には海の上に自分のテリトリーを張って、その上に座っている。

テリトリーの変質操作。

現在、訓練生二人が取り掛かっているのも、この技術に関《かか》わる試験の対策である。

領界操作訓練Ⅰ種からⅣ種。テリトリーに形を与え、硬質化し道具や足場などに変化させる。それこそ熟練すれば刀剣や防御壁に変えることもできるので、対犯罪から人命救助にも応用できる重要な技術の一つだ。

そして、ちょうどナツカが躓《つまず》いている科目でもあった。

諸々《もろもろ》の事情で彼女の指導することになったクロエは八重歯を見せて呆《あき》れている。

「とにかくっ、ただでさえ星野《ほしの》さんはテリトリー保有量が多い〝領界特化型〟なんですから、最低でも小型ボート程度の救命エリアを作れないと試験に合格できませんよ」

対するナツカは年下の訓練生から偉そうな口を叩《たた》かれても、いつも通り屈託の無い笑顔で接していた。

「うーん。なかなか上手《うま》くいかないんだよねー。あんまりね、たくさんのテリトリーを身体《からだ》から離すと、暴れるって言うのかな？　自分じゃ抑えきれないの」

「だからってクラゲサイズ……少し不器用すぎじゃないですか。星野さんって、ほんとに領界特化タイプなんですよね？　何かの間違いではありませんか」

「あはは、同じことミナトくんにも言われたっけな」

「教官と呼びなさい。きっと誰でもそう思うでしょう。領界特化型に属していない私でも、救命ボートサイズの足場くらいは作れるんですから」

　いや、それはクロエくらいのものだろうと、傍観しながらミナトは呆れる。

　本来、水使いの能力における互換性は低い。ミナトの場合は知覚特化型に属するが、ボート大の足場を作るなんて土台無理である。たぶんアイシュワリンあたりでも無理だろう。テリトリーの物質化操作は領界特化型能力者の専売特許と言ってもいい。

　自分の属性以外の分野でも力を発揮できるのは、クロエ自身の才能が成せる業だ。

「そう言えば、クロエちゃんって何型なのかな？」

「私？　私は普通に秩序独裁型ですけど何か」

　普通と言うわりに本人の顔はそこはかとなく得意気。いやらしい。

　しかし、そこはナツカ。目を点にして少女の自慢を潰《つぶ》していた。

「へー、そんなのもあるんだね？」

　バシャーンと、クロエの顔が水面に沈む。

　すぐにザバァと起き上がって。

「あっれー、知らないですと⁉　水使い四種の中でもレアなのにっ」

「ごめんねー。ミナト教官が知覚特化型だってのは知ってるんだけど。あたし疎くて」

「そこに限定活動型も加えた全四種、もしくは感情依存型も含めた全五種が水使いの属性と呼ばれてます……って！　この程度の知識、入学初期の訓練で習うでしょうっ。あの教官、ほんと何してたんだか……」

教官と言ってもミナトのことではなく、どうやら今は遠くの空で胃潰瘍《いかいよう》の療養をしている前教官に怒りの矛先を向けているようだった。

ナツカも共通の前担当者を思い出すように顎《あご》へ指を当てる。

「でもね、あの教官、いろんなこと教えてくれたよ？　溺《おぼ》れてる人を見つけてもキミなら大きな浮き袋が二つも付いてるから大丈夫だよねヘッヘッへって。いつも笑顔で豆知識を」

「それ確実にエグい笑顔だし知識でもないな！　……あの野郎、入院させて正解でした」

クロエは何やら結論を導き出している。

「……理解しました。前の教官も災いして星野《ほしの》さんは出遅れてるんですね」

「あはは、あたしの物覚えが悪いだけだと思うけど」

「ええ、それも確実に一因でしょうね。とにかく、才能が無いなら数をこなしてカバーするしかありません。また一からテリトリーを固めてください」

「よーし」

「次はクラゲよりも大きくなるよう意識してください。コントロールが苦しくても我慢するんです。そうやって徐々に扱えるテリトリーの質量を増やしていくんです」

二人は訓練を再開している。

ミナトが期待していた以上に噛《か》み合《あ》っているかもしれない。

バディシステム導入時は渋い顔を浮かべていたクロエだが、いざ指導する立場に置かれると元来の生真面目《きまじめ》な性格ゆえか、真剣にナツカと向き合っているようである。あと教えるのが意外と上手《うま》い。ナツカにしても、確かに物覚えは人より遅いかもしれないが、決して不真面目ということはなく後輩から受ける指示にも素直に取り組んでいる。

天気は快晴。訓練は順調。

ここまで一切台詞《せりふ》が無い疎外感を、ミナトは鼻歌で誤魔化《ごまか》すことにした。

◇◆◇◆

午後。

教官室にある自分の机でミナトが書類仕事に勤《いそ》しんでいると、先輩教官のアイシュワリンが鋭い目付きで近寄ってきて、唾棄《だき》するように呟《つぶや》いた。

「………私とあんたで決まったわ」

「はい？」

はじめ、まったく話が見えないミナトは首をかしげるしかない。

やがて、一つの心当たりを思い出す。

「あーはいはいはい新聞部恒例の『怪しいカップル特集』ですね。困りますよね、あーゆーの勝手に書かれると。まあ、僕は正直まんざらでもないですが」

「ぜんぜん違うわよバカたれ！」

沸点の低い先輩教官はミナトのデスクに両手を叩《たた》きつけて声を荒らげる。

「遠征演習の担当よ、遠征演習の…………て、マジ？　あたしら新聞部のアレに選ばれちゃってるわけッ!?　何よその鬱《うつ》になりそうな事実っ、すぐ発刊停止にしないと死ねそう！」

「今さら手遅れだと思いますけど。もうかなりの部数はけてましたし。主に僕が手伝って」

「一度でいい、絶命しろ」

「それにしても、遠征演習ですか？　アイシュ先輩はともかく、どうして新米の僕が？」

「いや、もう、そのことすらすでにあたしはどうでも良くなりかけてるのだが……。とにかく、決まりだから。何も不思議はないでしょ。面倒ごとは下にお鉢が回ってくるものよ」

「そういうものですか」

確かに、思い起こせば、ミナトが訓練生だった時に参加した遠征演習も、引率を担当していたのは当時最も若かったアイシュワリンと、その次に経歴が浅いムハンマド教官だった。

ほら、ちょうど今、デスクの上で礼拝を始めている彼がムハンマドだ。今年は担当を免れた感謝をアッラーに捧《ささ》げていた。しかも涙ながらである。

それを尻目《しりめ》にミナトは疑問を口走る。

「そんなにイヤなもんですか？　僕は去年、楽しめましたけど」

アイシュワリンは「やれやれ」と言わんばかりに首を振った。

「あのねぇ、ミナト？　よく考えてみて。五泊六日に渡って太平洋の〝底〟を行軍させられるのよ？　そりゃ、訓練生の時なら滅多《めった》に見ない遠方の深海に新鮮味も感じて心躍るかもしれない。ピクニック感覚かもしれない。でもね――あたし今年で五回目なんですけど？」

「心の底からすみませんでした」

そ、れ、は、き、つ、い。

確かに、一度目なら楽しかった。二度目でもまだ我慢できると思う。

しかし、三度目を超えたあたりからは間違いなく、死ぬほど退屈だろう。

太平洋の深海なんて基本は岩か白砂しかなく、せいぜい見所は珍しい深海生物か、あとは沈没した日本都市が眠る海底遺跡くらいのものだ。それすら一回か二回で十分である。深海に対して特に魅力や真新しさを抱かない人間にとって、そこで一週間も拘束されるのは苦行以外の何物でもないだろう。

アイシュワリンの胸中を察すると、ミナトでも同情を禁じえなかった。

彼女は大きな溜息《ためいき》を吐き出した。

「五回目うんぬん以前に、引率のパートナーがあんたってのが一番ウザい」

「ひどいなぁ。一緒にツイストゲームやった仲じゃないですか」

「酔った時の話をするなっ！」

当時の痴態を思い出したのか、アイシュワリンは赤くなった顔でミナトに資料を渡す。

「……とりあえず、演習に参加する訓練生の話だけど。推薦者の三名は決まってて、あんたんとこのクロエも選ばれてるから、本人に伝えといて」

「うわぁ説得めんど臭そー」

いかにもレクリエーションとか、馴《な》れ合《あ》いイベントに向かない女の子だと思う。

「断られたら候補者洗い直しだから意地でも説得すること。それよりも一番の問題は、自由参加の方よ。二名ある枠のうち、一人は希望者いるんだけど……」

「もう一人が埋まらないと？　募集すれば来そうなもんですが」

「――引率担当が山城《やまじょう》ミナトなのに？」

「そいつは大問題ですね」

遠征演習には前期と後期があり、それぞれ女子の部と男子の部に明確に分けられているのだ。今回は前期にあたるため、参加者は女子訓練生に限られる。

そして、女子の大半はミナトのことを恐れていた。わりと厳しいかもしれない。

おまけに。

「責任持って、あんたが最後の一人を捕まえてきなさいよ」

「この流れで無理難題を言いますか。いいですよ、やりましょう」

アイシュワリンから渡された資料に、ミナトは改めて目を通す。

求人期限は遠征演習が始まるまでのおよそ一ヶ月間。

明日から仕事の合間を縫って探すしかなさそうだ。

なお、資料には今回の遠征目的地についても記載されている。

――大阪エリア海底遺跡と。

◇◆◇◆

ひとまず、既に推薦参加の話が挙がっている教え子に打診するところから始める。

しかし、「話あるよ」とメールしたら「来れば？」と返された。この子どうしよう。

結局ミナトが行った。

訓練棟閉門後の夕暮れの岸。水平線まで茜色《あかねいろ》に染まっている。

メールで指定を受けた場所は、偶然にもミナトがよく釣りをする防波堤だった。釣《つ》り竿《ざお》を持ってくれば良かったと今さら思う。

自分の趣味は一旦《いったん》忘れ、教官としての仕事を済ませることにする。

教え子はすぐに見つかった。

夕焼けの海に立っていたのだ。

雪色の肌を持つ金髪の少女が、スカートを揺らし、燃えるような色の水面に。

いくらなんでも、ちょっと美しすぎた。息を呑《の》む。

しかし、ミナトは努めて平静を装い、海上に佇《たたず》むクロエの背中に問いただす。

「何してんの？」

「立ってます。見ればわかるでしょう」

ああ良かった、いつもの小生意気な奴隷ちゃんだ。

あまりに神々しいので黄昏時《たそがれどき》特有の幽霊かと。

「好きなんです、この時間帯の海。それと、テリトリーの感覚を確かめたかったので」

淡く波立つ水面で爪先《つまさき》を回し、クロエはこちらへと振り返る。

情熱色の陽《ひ》を背負う表情はいつもより穏やかに見えた。

「テリトリーの感覚？」

「はい。いつも、特に意識せず使っているんですが、それでは他人に上手《うま》く言語化できないと思ったので。私自身、テリトリーの物質化はそれほど得意ではありませんし」

ミナトは目を丸くしてしまう。

どうやら、彼女はナツカに説明するために時間を削って海に立ち続けてるらしい。

「ほんと、君って、」

損してるよなぁ、と、つくづく。

真面目《まじめ》だし正直者だし、可愛《かわい》いところがたくさんあると思うのだが、しかしアカデミーでの評判はすこぶる悪い。口の悪さと横柄な態度を少し改めれば、彼女のことを素直に尊敬する人間は後を絶たないと思うのだが。もったいない。

「それで、メールで言ってた話ってなんですか？」

尋ねられて、ミナトは忘れかけていた用件を思い出す。

「遠征演習の参加者に、君が推薦で選ばれてる」

「……遠征演習？　どういうものですか、それ」

「あれ、知らないか。掲示板に貼《は》ってあるし、たまにメール配信とかもしてるんだけど」

「見かけたことならありますが、あいにく内容までは把握してません」

「簡単に言えば、訓練とは関係無いレクリエーション、もしくはボランティアに近いかな。番組制作会社の依頼で、毎年のようにやってるんだよね」

「番組制作会社って、テレビの？」

「そうそう。世界中の廃墟《はいきよ》化した海底都市を延々と放送するドキュメンタリー番組があるんだけど、観《み》たことないか？　ディープ・シティって名前の」

「ああ、知ってます。製作者の神経を疑うほど退屈を極めた内容ですよね」

「それについてはノーコメントで。……それでまあ、日本エリアの収録は毎回アカデミーが撮影協力してるんだよね。この人工島って、ちょうど昔の東京が沈んでる海域だし」

　一般企業では撮影が難しい深海でも、水使いなら専用カメラさえ扱えれば自由自在に映像を記録することができるのだ。だからその手の依頼も多かった。

　クロエは鼻を鳴らしている。

「要するに、プロの水使いを雇うと高く付くから、訓練生を混ぜて経費をケチってると」

「それについてもノーコメントで」

　小賢《こざか》しいが事実だった。基本的に水使いの営利目的のギャラは高額である。

「まあ僕から確実に言えるのは、滅多《めつた》にできない貴重な体験だってこと」

アカデミーの訓練だと東京エリアから出ることはまず無いが、遠征演習ではかなり遠方の深海都市を目にすることができる。今回の目的地は大阪。それこそ道中には海に浮かぶ富士山頂だって見えるのだ。普段だとなかなか行ける場所ではない。

とは言え、クロエがそんな旧日本の風景に心がときめくタイプにも見えないが。

案の定、表情は冷めついていた。

「あいにく、過去に滅んだ都市を見たところで私の人生の糧になる気がしませんね」

「やっぱ、参加してくれないか」

「ええ。自分のためにならない時間は浪費しない主義なので」

今の今までナツカのために自主訓練していたくせに、よく言ったものだ。

しかしまあ、大いに予想していたことなので落胆は少ない。

そして、一度決心したら最後、いくらミナトが言葉を尽くしたところで首を縦には振らないこともわかっている。頑固なことにかけては折り紙付きだ。

従わせるには、立場を利用して命令するしかないのだが。

「わかったよ。不参加で届けとく」

しかし、ミナトは早々に説得を諦《あきら》めた。

訓練や彼女の進退に関《かか》わる問題ならともかく、もともと参加の自由が認められる行事なのだから本人の意思を尊重するべきだと思った。アイシュワリンには悪いと思うが、それもミナトが残業でもしてリストを選別し、他の推薦候補者を探せば済む話だ。

そういうわけで、用事を終えたミナトは防波堤を立ち去ることにする。

なのに、その瞬間、確かにクロエが声を漏らした。

「あれ？」

かなり素っ頓狂な声だった。表情もどこか気が抜けていた。

まるで予想外の事態に直面したかのような。

間もなく、少女は耳を疑う台詞《せりふ》を口にした。

「あの、命令は？」

「――――ハ？」

あまりと言えばあまりの発言に、ミナトの顎《あご》は勢い良く落下した。

おい、まさか……そう思った瞬間。

「て、――あッ。いえっ！　違っ」

クロエの表情は瞬く間に引きつった。自らの失言に気付いたらしい。

夕焼けの中でなお赤面しているのが確認できるほどだった。

その声も見事に裏返っている。

「ちち違うんですよ、だってて っ……い、いいいつもにょミニャト教官でしたら絶対ドレイとか言い出しゅ場面じゃったじゃにゃ……ってアアアアアア噛《か》み過ぎだろクソがっ！」

少女は思いきりセルフビンタした。

ミナトの不安はさらに色濃くなる。

「えっと……」

果たして、この先を口にして良いのか？

「もしかして、君────命令待ちだった？」

「や、違……」

──うるっ、と。

「違う、間違い……間違ったんです、今の、ほんと、間違い、ナシ。ナシです、ナシ……」

やべえ。マジで泣きそうになってる。

これ以上は少女の精神崩壊もあわやと判断したミナトはタオルを投げた。かわいそうで見てられない、降参、まいった、ギブアップ。

つまりは土下座である。

この流れで今さら命令したところで逆効果だ。

「クロエ、すまん！」

こうなったら、ひたすら拝み倒せ。そして、有耶無耶《うやむや》な空気を作りだすのだ！

「よく考えたらクロエに断られたら僕には後がないような気もする！　君は遠征演習になんて興味が無いのは重々承知だけど、無理を曲げて参加してもらえないかっ。頼むっ！」

いくらなんでも強引過ぎるのはミナト自身も理解している。

しかしながら、今のクロエはギリギリ崖《がけ》っぷちに爪先立《つまさきだ》ちをしている状態。

そのため、ミナトからの露骨なパスにすがりつくしか道が残されていなかったのだ。

「あの、その……」

鼻を啜《すす》り、目尻《めじり》を擦《こす》り。

ただただバツの悪い表情を浮かベシュンとすると、いつになく素直な声で呟《つぶや》いた。

「………はい、参加します」

以上、クロエちゃん大失敗の巻。

かなり心臓に悪かった。

◇◆◇◆

星野《ほしの》ナツカの趣味はアクアリウムで、自室にある水槽でクラゲを飼っていると聞くが、あいにく女子部屋に男子のミナトが入るわけにもいかず一度も見たことがない。

彼女いわくクラゲは、魚や貝と一緒に飼うのが楽らしい。餌《えさ》は一日一回だけでいいが、水槽の世話を怠るとすぐに死んでしまう。

短命な種類の多いクラゲだが、しかし大事に育てれば一年近くは生きるという。クラゲが死ぬと毎回ナツカは落ち込んでいた。だから、短命でも一年に一回しか飼わないと決めているらしい。その一年間を大切に育てるのだ。

ところが今朝、お亡くなりになったそうである。

四月中旬の人工島ビーチ。

朝早くからダイバースーツに身を包むナツカの表情は沈みきっていた。

「…………………鬱《うつ》デス」

目の下にクマまで作って、普段からの癒《いや》し系《けい》としての魅力も激減している。

しかしクラゲ死亡時は毎回こんな感じなので、見慣れているミナトは普通に話しかけた。

「正月直後から飼い始めたんだっけ？　珍しいな、何があった」

享年四ヶ月ちょっと。これまでの最短記録かもしれない。

ショックの抜けない彼女は生気に欠けた瞳《ひとみ》を動かしてミナトを一瞥《いちべつ》した。

「……たぶん寿命だと思うよぉ。飼い始めた時からね、なんだか元気なかったし。やっぱり同じクラゲでも強い子と弱い子っているの」

「なるほど」

「帰りお線香買ってかないとなぁ……」

「そこまで？」

いちいち弔っていたなんて幼馴染《おさななじみ》でも初耳だ。まあでも、飼い犬や飼い猫が死ぬと葬式を開く人の話も聞くし、同じようなものなのか？

変だとは思うが、個人的な趣味を否定するつもりはない。

「まあ、その、気を強く保《も》てよ？」

「…………うん」

暗すぎ。二一四五年度のクラゲショック到来だった。

この様子を見ていると、仮にミナトが遠征演習の話を持ちかけたところで「喪中なので」と断られる想像さえ浮かんでくる。

まあ、もともと勧誘する気は無いのだが。

遠征演習の話が持ち上がった際、ミナトは最初からナツカのことを候補から外していた。

その理由は二つ。

そのうちの一つは、彼女がクラゲを飼っていることだ。かなりマメに世話をしないとすぐに死んでしまうデリケートな生き物なので、五泊六日を要する行事は本人も断るだろうとミナトは予想していた。まあ、その心配も今朝になって亡くなったわけだが。

ただ、もう一つの理由が深刻である。

彼女の成績だ。


「二人とも、何をしてるんです？」

着替えを終えたクロエがビーチに姿を現した。

そして教官と先輩訓練生を視界に入れるなり、怪訝《けげん》に満ちた表情を浮かべる。

原因はナツカの表情だろう。ちょっと涙目なのである。

「……ミナト教官、何を？」

「誤解である。この子が飼ってたペットが今朝お亡くなりになった」

「ペット?　ああ、クラゲですか」

すぐにピンと来たらしく、いつもの冷静な表情に戻っている。

少し意外だった。ナツカがクラゲ愛好家だときちんと記憶に留《とど》めてるらしい。てっきり、他人のプロフィールには興味の欠片《かけら》も示さないタイプだと思っていたのに。

ただまあ、傷心中の先輩訓練生を見ても特にお悔やみは申し上げていなかった。

「私情を訓練時間に持ち込まれても困りますけどね。しゃきっとして下さいよ」

「……うう、ごもっともです」とナツカ。

さすがはワールドドイズマイン。普通なら口にしづらい正論でも臆《おく》する気配が無い。

何より、昨日の大失敗を経てなおも平気な顔でいられる根性は見上げたものだ。それとも澄ましているのは顔だけで内心ではイジリ待ちか?　実は全裸待機中なのか?

……どうにも、あの一件のせいでミナトも今後は少女の扱いに気を遣ってしまいそうだ。

これ以上、そっち方面の〝才能〟を伸ばしたくない。そろそろクロエのパパから物理的に殺されそう。卒業したうちの子が、やたらと他人に虐げられたがるようになったとか。

「だいたい、クラゲが好きなら星野《ほしの》さんも遠征演習に参加してみたらどうですか」

はて、とナツカが首をかしげる。……おっと。

「えんせー演しゅー?」

「今朝見たら、まだ一名募集してましたよ。深海ツアーなら珍種のクラゲもいるのでは?」

できれば順番を追ってナツカに説明してやりたかったのだが。

フライング気味にクロエが話題を持ち出してしまった。まあ口止めしてないので責める気は無いし、それがクロエなりの先輩に対する気遣いだと考えれば微笑《ほほえ》ましいのかも。

しかし困ったな。

おそらく初耳だったであろうナツカが食いついてしまった。

「深海クラゲツアーがあるの？　スティギオメデューサ・ギガンティアと泳ごう的な？」

「なんですか、その化け物じみた名前。いや、別にクラゲツアーとは違いますけど。大阪の海底遺跡を撮影するための五泊六日にわたる課外旅行です」

「それはなんとも素敵な話だね！　行けるならぜひ行ってみたいなぁ」

「と言うかミナト教官、まだ星野さんに演習のこと伝えてなかったんですか？」

悪気の無い碧眼《へきがん》に見つめられる。そこに、ナツカのつぶらな瞳《ひとみ》も加わった。

ミナトは観念する。自分の思うタイミングではなかったが、もはや説明必須の流れだ。

「この子は連れてかないよ。と言うか、連れていく余裕が無い」

伝えた途端、クロエの眼光が少し険しくなる。

「どういう意味です？」

「ナツカが五回生なのは君も知ってるだろ？　卒業を考えると現在のペースじゃギリギリなんだ。二日三日ならまだしも、一週間も拘束するのはちょっと厳しい。遠征演習の期間には代理の教官もお願いしてある」

それこそ今のバディシステムだって、ナツカの訓練ペースが少しでも落ちるようだったら、二人のためにも即刻中止する予定だった。それについては幸い、クロエの指導能力は期待以上に高いと思う。しかし、まだ結果が見えてこない今の状況でナツカを遠征演習に連れていくのはリスクを伴うのだ。

「なんですか、それは……」

クロエの表情が明らかに不機嫌になる。

「私は言いましたよね？　二年でアカデミーを卒業するのが目標だって」

「うん」

「なのに、教官であるあなたが、星野《ほしの》さんの卒業に三年かかるかもしれないと尻込《しりご》みするんですか？　矛盾してると思います」

「確かに、君とナツカのペアなら劇的に変わるかもしれないって期待もしてる。でも、結果が出ない場合だって当然ある。もしもの時、参加自由のイベントで一週間も使ったことを後悔してほしくないんだよ」

もしもこれが、ただの教え子だったなら「出たきゃ出れば？」で片付けてたと思う。しかし、ミナトは星野ナツカという少女に対して家族に近い思い入れを感じていた。彼女は性格的に水使いに向いていないと思うことだってあるが、しかし、不器用なりに今まで五年間も頑張ってきたのだ。その時間が無駄にならないように結果を与えてやりたい。

ナツカだからだ……相変わらずの公私混同。やっぱり自分は教官に向いてない。

教官と訓練生なのだと頭でわかりつつも、彼女のことが心配でしかたがなかった。

「やめよーよ、二人とも」

当の本人が口を開いた。苦笑を浮かべながら肩をすくめている。

「あたしの成績が悪いの事実だし、それで二人が喧嘩《けんか》することないよ……」

昔から争いごとを苦手とする性格なので仲裁に入っている。

ここでお互いに退《ひ》けば話も纏《まと》まるが、あいにくクロエは苛立《いらだ》つように鼻を鳴らした。

「私は納得できませんね。もしも星野さんが参加したいって言うなら参加させます」

一瞬は友情を匂《にお》わすような発言をして――

しかし、ミナトの顔に指を突きつけると同時に本心を露《あらわ》にした。

「なぜかってね……私の指導があなたに疑われてるかと思うと腹に据えかねるからだ！」

「君はほんと負けず嫌いだな」

「それの何が悪いんです？　一から十まであなたの目論見《もくろみ》通りに事を運ばせるわけないでしょう。そもそも私とミナト教官は犬ッ猿のッ、仲なんですから」

イヌとサルな関係をやたらと強調された。

「そこまで君に嫌われていたのか」

「あ、いえ。キツネとリスくらいですかね」

「一気にわけがわからなくなったな」

「とにかく……私のプライドのためにも、星野さんにも協力してもらいますから」

「協力？　あたし、どうすればいいのかな」

「要は残り一ヶ月で、今の〝ギリギリペース〟から脱却すればいいだけの話。楽勝です」

自信満々に宣言すると少女はミナトの返事も待たず一人、すっかり活気付いたように小さなお尻《しり》を振りながら波打ち際へと歩き出している。

そして道すがら振り返り、ナツカへと睨《にら》みを利かせるのだ。

「何してるんです？　訓練始めますよ。そうと決まれば一分一秒すら惜しいので」

やっぱりワールドドイズマイン。決意したら最後、もはや前しか見ないらしい。

なんと言うか、イカした性格だ。男のミナトですら今のはカッコいいと思ってしまった。

一方で、隣にいるナツカの感想こそオーソドックスだった。

「うわぁ……クロエちゃんって痺《しび》れるほどかわいいね。ぞくぞくするよ。妹にしたい」

「なるほど、姉妹か」

ふと気付く。

クロエは普段の発言を聞いても典型的な「お姉ちゃんっ子」なのだろう。

だから、もしかするとミナトがクロエに対して妹を重ねてしまったように、クロエもまた、年上のナツカに対して姉に近い感情を抱き始めているのではないか？

あの子に友だちがいないのは有名な話だし、実は心のどこかでは五泊六日の遠征演習に心細さを感じており、ナツカに付き添ってほしいと考えているのでは——

そうだったらいいな、とミナトは心から思った。

◇◆◇◆

遠征演習の参加が決まっているのは四名。

そのうち三名はクロエを含めた『アカデミー推薦者』であり、これは演習の最大目的である深海撮影を遂行する上で必要不可欠な水中活動能力を基準にして選ばれる。加えて、将来を有望視するからこそ〝実践的な経験〟を少しでも多く積ませたいというアカデミーの意向が反映していた。

そこへ、公平を期すために自由参加の二名を認めているのが本来の形だ。現状ではミナトが原因で自由参加の訓練生は一名だけで、以降は志願者が現れる気配が無い。

埋まらない空席。

そんな状況が三日ほど続くと、もう一人の担当教官であるアイシュワリンも痺れを切らしたようにミナトのデスクへと足を運んだ。

「ちょっとちょっとー、まだ最後の一人見つからないわけ？」

ミナトからすると、なんとも答えに迷う質問だった。

「実は希望者が一人いるんですけどね。でも訓練が少し遅れ気味なんで保留中です」

「そこ気にするとこ？　卒業が危ないって自覚がある上で参加するってんなら、あとは本人の問題だと思うけどね。参加させればいいじゃん」

「諸々《もろもろ》事情がありまして、もう少し様子見させてもらっていいすかね？」

動機はどうあれ、クロエが今まで以上にバディシステムに対して積極的に臨んでいるのだ。

そんな彼女の熱意に、のんびり屋のナツカがどう応《こた》えるのか。

この際、遠征演習の話を置いておいても、二人三脚を始めた彼女たちが結果を出すまでは見守りたいというのが本音だった。

アイシュワリンは詮索《せんさく》せずに頷《うなず》いた。

「まあ、最終的に五人揃《そろ》うなら文句は無いんだけどね。そもそもミナトが女子訓練生を勧誘するなんて絶対不可能だと思ってたわけだし」

「ちょっとした爆弾発言ですね」

ゲームマスターからの無理ゲー宣告に近いことを言われた。いや否定しきれないけど。

アイシュワリンは意地悪に笑う。あら可愛《かわい》い。

「あんたも教官なんだから、いつまでも女子と距離を置いてちゃダメだと思ってね。まあ、アテを見つけたっつうし甘口だけど及第点あげる」

ほんっとすんません、実はそのアテって言う子も昔から僕に免疫を持つ幼馴染《おさななじみ》であるわけでして見つけるのに苦労なんて一切合切しておりません的な嗚呼《ああ》……先輩イイ顔だわ。

ここは円満に照れ笑いしとけ。

「光栄の極みっす」

「で、その延長線上の話なんだけど、一つ頼まれてくんない？」

「はい。今の僕なら罪悪感も手伝って二つ返事ですよ」

「なにそれ？　別に難しいことじゃないわよ。実は遠征演習に推薦参加する一人があたしの今の教え子なんだけど、これがまた機械に疎いらしくてさ。水中カメラ使うなら教えてほしいって頼まれちゃったわけで……うん」

いかにも浮かない顔をしている。

「ああ、そう言えばアイシュ先輩って水中カメラにトラウマありましたっけ」

ミナトが訓練生として遠征演習に参加した時、彼女はカメラ一台を華麗に破壊して涙目になっていた。こういうのって保険に入ってるから大丈夫ですよ、と慰めた記憶がある。

「仕方ないでしょ、生理的な問題なんだし！」

「それ便利な言葉ですよね」

「あんたは逆に機械とか得意よね。せこい能力のおかげで」

「それこそ便利って言ってほしいんですが」

そりゃあクロエやアイシュワリンのような華やかさに欠けるのは認めるし、昔は雷を司《つかさど》りしスタイリッシュな水使いに憧《あこが》れていた時期があったのも事実。

しかしテリトリーの拡張能力は自分で選べないので、一度目覚めたら生涯それと付き合っていくしかない。

それに、繰り返すが便利なので今では満足していた。いろんな分野に対応できるし。

「じゃあ今日の夕方にでも時間作っといて。本人にはあたしが伝えとくから」

「僕が教えて、怖がらせたりしませんか？」

「あー、それなら大丈夫。かなり独特な性格してるし」

その時は、抽象的すぎてまったく想像が湧《わ》いてこなかった。


窓から夕陽《ゆうひ》が差し込む視聴覚室。

機材の準備もあり、予定の時間よりだいぶ早めにミナトは足を運んだつもりだったが、約束の女子訓練生はすでに部屋にいた。

目が合う。その瞬間、アイシュワリンが独特と表現したのも不思議と理解してしまう。

——表情があまりにも整っていた。

そこには初対面の人間に対する遠慮や怯《おび》えがなく、逆に、第一印象を良くしようと愛想笑いに努めるわけでもない。

一切の感情の機微を表に出さず、まじまじと入室者の顔を確認している。例えれば、無感情のアンドロイドと言うよりも、鹿や虎など野生動物に見つめられている感じに近い。

言葉を失うほど堂々と、そこに存在している。

口を開いた。

「ども」

意外と軽い調子の挨拶《あいさつ》だった。

「うん、どうも。アイシュワリン教官の代理で来たんだけど、君が李《リー》さん？」

「肯定。でも、そこはメイファで希望。アカデミーに李《リー》が四人も重複。これは混乱の種」

表情は変えず流暢《りゅうちょう》に呼び名を訂正している。

漢字で書けばたぶん『李梅花《メイファ》』ってとこだろう。名前の通り中国系の少女だが、アメリカ系が多い地区の出身であるためか登録名は『メイファ＝リー』になっている。

名簿によると領界特化型に属するアカデミー四回生であり、年齢は十六歳。水使いとしての素養が高く、特に水中での機動能力とテリトリーを武装化した際の対人制圧能力、言い換えると〝格闘センス〟に関しては軍役経験を持つ教官が舌を巻くほどらしい。

推薦を受けるのも納得の優等生である。

しかし、機械の操作は苦手だという。

ミナトが持ってきた、校内備品の深海用カメラを机に置くと、ようやくちょっと嫌な顔をした。耐圧仕様もあって、小型でも総重量二〇キロに及ぶ鉄の塊だ。

「……見るからにグロ」

初めて海辺に来た野良猫のように、恐る恐るカメラに近寄る様子が可愛《かわい》らしく、ミナトは少し吹き出してしまう。

「君、テレビの録画予約とかできないタイプか？」

「それ弟の担当。そして、弟のプラモを誤って壊すのがワタシの担当。わざとじゃない」

「プラモよりずっと頑丈だよ。落としでもしない限り、簡単には壊れない」

「落とせばアウト？」

「なかなかの確率で」

「高額だと弁償は困難。うちの貧乏家族が一気に路頭の大迷宮。やったね大戦犯……」

　無表情なわりによく喋《しゃべ》る子だ。しかもパーソナルエリアが狭いのか、カメラを覗《のぞ》き込《こ》む顔が近い近い。思わずミナトの方が身体《からだ》を後ろにずらした。

「あんまり考えすぎると逆に落としたりするぞ」

「いっそのこと目隠しで……Don't think ,feel」

「危ない危ない、ほんとに試すな。……まずは持ち方と使い方から説明するから」

　ある程度、機械に慣れ親しんでいる人間なら感覚でも扱えそうなものだが、彼女の場合は苦手意識が先行しているようで、どこから手を付ければいいのかもわからない様子だ。

　一つ一つ順を追って説明する。

　それをメイファは頷《うなず》きながら素直に聞いてくれた。独特な子と聞いて勝手に扱いにくい子を想像していたが、そういう感じはしない。どきっとするほど無表情なことを除けば、普通にいい子だと思う。

　あらかたの操作方法を伝授するとグッと親指を立てている。真顔で。

「おけ把握。理解完了。すべては机上の空論に過ぎないという話」

「最後ので一気に不安になったけど、まあ実際に触ってみるか」

　スキューバダイビングなどではコンパクトで高性能なデジカメも普及しているが、水使いが使うビデオカメラは、むしろ陸上の業務用に近く肩に背負って使うのが一般的である。

重い分、水中カメラとしては最高峰の性能を誇り、光源の少ない深度でも極めてクリアな映像を撮影できるのだ。価格はメイファには言えないが一台一〇万くらい（ドルで）

　正確な金額を知らなくても高価なのは想像が付いている少女の顔は、無表情なりに強張《こわば》っているように見えた。

　ミナトが手を添えながらどうにか肩に乗せると、間もなくガタガタと震え始めた。

「……こ、壊したら祝・風俗デビュー。短い処女だった」

「もう少しリラックスしようか？」

　機械アレルギーを疑うほどにビビっている。この様子だと当日は、メイファはカメラ担当に回さないように作業分担した方が得策かも。ちょっとかわいそうだ。

　しかし、何事も経験して無駄になることはない。もう少し頑張ってもらう。

「重くないか？」

「……大丈ぶ、でも、金の重みだと思えば圧死寸前」

「とりあえず持ってる状態に慣れるといいよ。気晴らしに世間話してみるとか。何か話すことはあるか？　僕から話題を振ってもいいけど」

「……」

　しばしの沈黙。

「なつ、か」

　不意に聞きなれた名前を口にした。

「ナツカ？」

「星野《ほしの》ナツカ。女子寮のルームメート。よくミナト教官の話してる。仲よさげ」

「ああ、あの子とは付き合いが長いんだよ。いい子だってのは僕が保証する」

「教官、爆発する気は？」

「無いけど。急になに？」

「最近、ナツカの雰囲気が微妙に変わった。例えるとフワフワからメラメラ？ ミナト教官に心配かけてるからって、もはや口癖。毎晩、部屋に金髪のロリが迎えに来て、二人でどっか行く。帰ってくると疲労が濃厚。すぐに寝る。なるほど3Pデスカ……」

「君の推理って少々エキセントリックだな」

「最後のは冗談。ただ、教官が変にプレッシャー与えてないかと。質問」

どうやら、ここ数日、友人の様子が変わったことをメイファは心配していたらしい。

金髪のロリって言うのは確実にクロエのことだろう。

あの二人がアカデミーの義務訓練を終えた後、夜な夜な自主訓練まで始めていることはミナトも知っていた。何故《なぜ》なら毎晩こっそりストーキングしていたので（もしも監督不在で事故を起こしたら反省文どころの話ではない）。

クロエがナツカを連れて、ミナトを見返そうと影で努力しているのが無性に嬉《うれ》しかった。

なので、そのことについて今後も口を挟むつもりはない。

ただ、メイファの質問には答えておく。

「僕は教官として呆《あき》れるほど何もしてないよ。毎日サボってる。ナツカの自主的な努力だ」

「ならよし。いや、よくない。働けニート」

「だから埋め合わせとして君にカメラを教えてる。姿勢も安定してきたし、そろそろ電源入れようか。ほら、右手のところにある大きなツマミ、捻《ひね》ってみて」

「いや、無理。絶対ダメ。これ動かすと確実に落とすパターン。もはや予定調和」

「だからビビりすぎだって。カメラは持ってるだけじゃ機能しないぞ？」

「あ。吐きそう」

「よし降ろそう」

◇◆◇◆

「釣れてまっかー？」

疲労のせいか、いつもより笑顔がとろんとしてるような。

時刻は午後一〇時を回っている。

今夜もナツカが小一時間前までクロエと自主訓練に励んでいたことは、こっそり監視していたミナトも知っている。その後、ミナトが帰るついでに防波堤で夜釣りを始めたのだ。

ナツカが現れたのも特に偶然ではなく、彼女も寝る前にこのあたりを散歩コースに選ぶことが多い。

やっぱり一度、女子寮に帰ってからシャワーを浴びてきたらしく、隣に座ると嗅《か》いだことのあるシャンプーの香りが漂っている。

VネックのTシャツの上から薄手のカーディガンを羽織り、下はレギンスっぽいパジャマパンツ。全体的にボディラインが浮き彫りだった。

そのへんからは極力視線を外し、ミナトは決まりきった挨拶《あいさつ》を返す。

「ぼちぼちっすな。あんまり夜更かしすると明日の訓練もたないぞ」

「なんかね、目が冴《さ》えちゃって」

今日は風が出ていた。

髪を抑える彼女の横顔は微笑のまま夜色の海面を眺めている。

しばらく会話は途絶えたが、ミナトは焦って話題を考えるつもりがない。半ば兄妹のように育ってきた関係だ。沈黙が続いたところで苦痛には感じることはなかった。

ふとした瞬間にナツカが笑い声を漏らしている。

「なんだか絶好調だよね」

「いや、ぼちぼちとは言ったが今のとこボウズなんですけど」

「ううん釣りじゃなくて、ごめんね、あたくしごと。ミナトくんがアカデミーに戻ってきてくれてからすっごい充実してるの。クロエちゃんは可愛《かわい》いし、ルームメイトとも仲よしなんだ。朝目が覚めてから夜眠るまで、どこに出歩いても楽しいの」

「それ聞いて、安心したよ」

嫌々のうちにアカデミーのシステムに流されるのでなく、ナツカ自身が前向きに楽しんで訓練に取り組んでいるなら、それに越したことはないと思う。

「あたし、水使いとしてはヘナチョコなのにね。でもね、誰よりもアカデミーを満喫しちゃってて、なんだか悪いなあとも思うんだよ。バチ当たりそう」

「水使いなんて、単なる資格の一種だよ。イコール人間の価値じゃない」

あくまで教官ではなく幼馴染《おさななじみ》としての意見だと自分では思った。

「ちょっとくらいペースが遅くたって、お前のいいところは僕もわかってる。周りと比べて落ち込む必要なんてないぞ」

今のは少し説教臭かったかな？

人知れずミナトが反省していると。

「うん」

隣ではナツカが幼げに、はにかんだように笑う。

そのまま首をかしげた。

「ぎゅってしていい？」

久しぶりに聞いた。

昔から嬉《うれ》しくなると人肌恋しくなるのか親しい人間を抱き締める習性を持つ女の子だった。しかし、ミナトが思春期を迎えた頃から禁止令を布告したので台詞《せりふ》としては久しぶりに聞いたような気がする。犬が尻尾《しっぽ》を振るのと一緒である。ここに妹がいれば代役にできたのだが。

当然、許可できない。

「ダメ。部屋に帰ってから、ルームメイト抱き締めなよ」

「ぐぅ」

ふて腐れていた。

ミナトからすると、いい歳《とし》こいて恥ずかしいという気持ちもあるし、教官と訓練生が夜の防波堤で抱擁してたら流石《さすが》にまずいだろという常識的感覚もある。

何より、十七歳になった今のナツカの身体《からだ》と下手《へた》に密着しようものなら、そのままの勢いでガウーと押し倒してしまいそうだから怖いと言うか。かなりガチで。

「じゃあ言葉で伝えるけど、ミナトくん、ありがとね」

「おう。どういたしまして」

「自分なりに、がんばるね。大阪にも行きたいし、ミナトくんのこと安心させたいから」

月明かりを化粧に宣言する顔は、普段よりも少し大人っぽく見えた。

直後、くしゃみをしている。

◇◆◇◆

普段から鋭いクロエの目付きは、一時期になって凶悪と呼べる域に変貌《へんぼう》を遂げた。

病的と言うよりは連続殺人犯を彷彿《ほうふつ》とさせる。まだ十五歳なのに。

主な原因は目の下にあるクマである。

ナツカに付き合い始めて三週間、訓練と試験の連続により、日々蓄積する疲労がすっかりと浮き彫りになっていた。さすがに彼女の顔色を見たミナトが休めと勧めたところで一向に聞く耳持たなかったので、ついには断腸の想《おも》いで三度目の奴隷扱い。一日だけ自室療養を命じることに相成った。大丈夫かな、いろいろと……


しかし、その頑張りがあってこその快進撃なのだろう。

翌日のクロエは少し回復した表情で戻ってきた。

彼女らしいと言うか、昨日休んだ件には一切触れることなく案件を切り出している。

「この試験をクリアすれば、遠征演習に星野《ほしの》さんが参加するのを認めてもらえますね？」

「もちろんだ」

三週間前、クロエがミナトに提示した条件は、遠征演習までにナツカが六科目の試験に合格すること。正直、普段のナツカのペースを考えればその半分でいいとミナトは言ったのだが、妙に火の付いた少女は六科目クリアすると言って憚《はばか》らなかったのである。

実際、既に五科目は合格している――それも、この一週間に入ってから立て続けに。

がんばりすぎなくらい、二人はがんばったと思う。

特にクロエ。

この三週間でだいぶ雰囲気が丸くなった気も。目の下のクマ以外。

「なんですか、その薄ら笑い？」

野外だった。最後の試験会場である実技訓練棟の玄関先で、クロエは訝《いぶか》しい顔付きでミナトに尋ねた。たぶん感嘆と敬愛と畏怖《いふ》あたりが混ざって表情に出てしまったのだろう。

そのまま取り繕わず、恣意的《しいてき》に少女へ聞き返した。

「クロエって将来は希望部署とかあるの？」

「希望ですか？」

彼女が、アカデミーを二年で卒業すると豪語しているのは何度か耳にしたが、その後にどの部署への配属を希望しているのか、思ってみれば聞いたことがなかった。まあ配属部署については連邦政府やソラリス技術庁の判断も関《かか》わってくるので、一〇〇％本人の意向どおりとはいかないが。

クロエは考え込むように顎《あご》に手を添えると、足元に目線を落とす。

「いえ、これと言って考えていませんでした。姉さんと同じ軍部なら言うことありませんけど、ひとくちに軍部と言っても細かく枝分かれしてますし。私と姉さんでは拡張能力の性能もまったく違うので、まあ、望みは薄いでしょうね」

「そっか。少し気が早いかもだけど、ここの教官って線は考えてないか？」

「教官ですか？」

「まあ僕の勝手な思い込みだけどね。クロエは向いてると思うよ。頭の回転が早いし、何より意思が強い。短気なのは問題だけど」

足を踏まれた。

「最後のは余計です」

短気説を自ら肯定するように、低い身長からミナトを睨《にら》んでいたが。

直後、ふっと破顔する。

柔らかな笑顔、それが最近のクロエにおける最大の変化だと思う。

「でも、悪くないですね。考えておきます」

「そうしてよ。乗り気になったらアイシュ教官あたり巻き込んで学長に強く推薦しとくから。僕は指導能力が無い代わりに根回しは得意な方なんだ」

「つまり、ミナト教官は」

「ん？」

その後の空白。続きがなかなか聞こえてこない。

気になって見下ろすとクロエはどこでもない虚空を眺めている。唇は閉ざして強張《こわば》っている。息でも止めているのだろうか、見ているうちに耳が赤くなってきた。

深い吐息。ようやく途絶えた台詞《せりふ》を再開する。

「ミナト教官は私と……同僚になったら嬉《うれ》しいんですか？」

「かなり嬉しいね」

優秀な同僚が来れば楽できる割合が上がるわけだし。

今だって新米かつ〝事務作業向きのテリトリー〟を持つせいで山のような雑用を任されてるのだ。まあ、その反面で教え子が優秀で助けられてるんだけど。

クロエが身を縮めた。俯《うつむ》いてしまい、もはや顔が見えない。

「……考えておきます」

何故《なぜ》に二度言ったのか。

それきり、少女の口数はめっきりと減ってしまった。

――三〇分後。

いつもの笑顔を浮かべた星野《ほしの》ナツカが実技訓練棟から出てくる。

彼女の両手には試験合格証がきちんと握られており、この瞬間、彼女の遠征演習の参加は確定してしまったのだ。

◇◆◇◆

死体が落ちていた。

旧大阪府。海底、水深一二〇〇メートル。

百年前から水圧と暗闇《くらやみ》に囲われている旧時代の廃墟《はいきょ》に紛《まぎ》れ、今もなお活動を続けている施設があった。複数のドームがドーナツ状に連結しており、中央にひときわ巨大なドームが据えられている。その中心から蒸気タービンの振動音が海中にまで響いていた。発電セクターである。この施設で採用されている、密閉空間内における準永久機関での発電技術は未《いま》だ世界に公表されていなかった——この先も発表されることはないだろう。

彼らは極秘裡《ごくひり》に存在している。

よって、この施設に偽名はあっても正式名称は存在しなかった。

ただ、関係者からは『牧場』と呼ばれている。


そこに死体が落ちていた。

研究セクターと総務セクターを繋《つな》ぐ通路上、かつて同僚だった残骸《ざんがい》を彼は足で裏返し、その顔を確認してみるとヨハンセン主任だった。

死因はわかりやすい——顔半分が食いちぎられている。

それを見て彼、タチバナ警備長が鼻を鳴らす。筋肉質な体躯《たいく》を黒いダイバースーツで包んだ三十代半ばの日系人である。

「悪党どもは陽《ひ》の目も見ずに死に絶えましたってか？　よくできてら」

「皮肉ってる場合？　その死体、あたしたちの末路よ」

生存者の一人、ステラが呆《あき》れたように言う。彼女はタチバナの背後の視界を補うように通路を見張っていた。

「もしかしたら、世界の末路かもね」

それが可笑《おか》しかったのか、タチバナは肩を揺らす。

「お前もロマンチックなこと言うね。アンダーが世界を滅ぼすのか？　俺には到底無理だと思うがね。なにせ自ら繁殖もできないんだ。一世代じゃ連邦すら潰《つぶ》せんだろ」

「それは、ここから研究を盗んだ連中が決めることよ。繁殖能力なんて、後からいくらでも書き換えられる。馬鹿の手に渡って、それで管理を誤ればおしまい」

「考えるだけ無駄じゃねえか。俺たちは傭兵《ようへい》らしく、手に余ったら逃げ出せばいい」

タチバナはテリトリーを発動すると、手のひらから発光するオーブのようなものを生み出した。個体と接触することで爆発する機雷型のテリトリーである。

それから続けざまに数十にも及ぶ球体を生産し、自分たちが立っている通路に設置した。

「これで後ろから来る奴《やつ》なら爆発音でわかるし、さっさと総務セクターに進んで脱出するぞ。ステラ、牧場セクターにいたアンダーの数は把握してるか？」

「ざっとよ。あたしが警備してた昨日の夜でランクBが二体、ランクAが一体。それにCとDがいっぱい。これまで倒したアンダーを除外しても、一〇〇体前後は残ってると思う」

「あたま痛えな。コマキの奴、当然みんな解放しやがったんだろ？」

「でしょうね。あの女、次会ったら絶対殺すわ……」

事態の元凶は、この研究施設がスパイの潜入を許したこと。

コマキと名乗る二十代の水使いだったが、恐らく偽名の一つだろう。

総務セクターで事務関係の処理をしながら研究内容を嗅《か》ぎ回っていたらしく、本日未明に牧場セクターで警備担当二名を殺害。そして、培養中だった全《すべ》ての成体を除く、全ての成体を施設に解き放ったのだ。

　事件発生から三時間余り。

　タチバナやステラのように身を守るすべを持つ武闘派の水使いは生存中だが、残る大半は先ほど死体になっていたヨハンセンのように、特別な能力を持たないただの人間。

　彼らは近いうちに全滅だろう。たとえ銃器を装備しても、素人ではランクDのアンダー一体に勝てるかどうかも怪しい。

　しかしタチバナとしては、ステラの生存が何よりも好材料だった。

　戦闘力が高いのもそうだが、何よりも牧場セクターの警備主任だったのでアンダーの個体数や種類にとても詳しい。逆にタチバナは警備を総括する立場なので総務セクターにいることが多く、施設の内情には詳しいがアンダーの個体情報には少し疎い。

　今のところ静寂が漂う通路を進みながら、現状で必要な情報をステラに問いただす。

「特に注意が必要な個体はいるか？」

「ランクAも厄介だけど、一番危険なのはランクBに入ってる侵食型〇九号。研究所の連中から《マダラ》って呼ばれてた個体よ」

「外見で言ってくれ」

「名前の通りよ。人型に近いアンダーで、赤い斑《まだら》模様が入ってる。そいつと遭遇したら戦闘は絶対に避けるべき」

「そんなに凶暴なのか」

「凶暴と言うか、あいつは水使いの――」

ステラが途中で言葉を呑《の》む。

近くで騒音が聞こえたからだ。タチバナも咄嗟《とっさ》に振り返る。

たった今、二人のずっと後方で手榴弾《しゅりゅうだん》規模の爆発が起きた。

数分前にタチバナが設置した揮発性のテリトリーである。通路全体が大きく揺れた。

アンダーか人間か――何者かが罠《わな》にかかった証拠である。

それを確認した瞬間の、ステラの行動は迅速を極めた。

自身が纏《まと》うテリトリーを拡張させると、まるで最初からそこにあったかのように、彼女の手には双剣が握られている。腰を低く、凶器を構えた。声も抑え、相棒に言う。

「説明は後。いったん、生き残りましょう」

「異議なぁし」

タチバナも億劫《おっくう》そうに頷《うなず》くと、自分のテリトリーを最大拡張する。

その直後、人ならざる異様な声が通路に反響した。

Episode.3　カオスダイバー

気付けば出発の日になっていた。

遠征演習、当日。

人工島の港を発《た》つのは朝八時だが、教官としての準備があり朝五時に起床せざるを得なかったミナトは低血圧の頭を引きずりながら集合場所へ行くと、イベントのクライアントである大人たち、要するに番組制作会社のスタッフさんたちが既にスタンバイしており、桟橋に着けた中型クルーザーの周りに立っていた。数えると三名。彼らは撮影に関するプロだが水使いではないので、大阪までの道のりは船を使って移動するのである。

その船の運転や点検も教官の仕事だった。だからこうして早起きさせられている。

正直眠たいが、ミナトは笑顔を作ると挨拶《あいさつ》をした。

「おはようございます」

「おーう、撮影よろしくなぁ」

気の良さそうなおじさんたちだった。

ミナトはクルーザーに乗り込んで船体に不備が無いかチェックを始める。一度海上に出てしまうと異常があっても簡単には引き返すことができない。事前確認は非常に重要だ。

スクリュー周り問題無し。エンジン関係もＯＫ。コントロール機器オールグリーン。

一通り見て回った結果、特に異常は無さそうだった。

そして、最後に屋上デッキに出る。すると、船に近づいてくる人影が見えた。

星野《ほしの》ナツカと、彼女のルームメイトであるメイファ＝リー。

来るのがえらく早いと思う。まだ集合時刻まで一時間近くある。

ナツカの方はパンパンに膨らんだスポーツバッグを両手から吊《つ》るし、よたよたとクルーザーを目指している。

そして、甲板に立つ幼馴染《おさななじみ》の青年に気が付くと無邪気な笑顔を浮かべた。一瞬、手を振るような仕草を見せるが、やっぱり荷物が重いためか歩くことに専念している。その代わりにメイファが手をブンブン振っている、無表情で。それにミナトも手を振り返した。

「…………」

文句の無い晴天。背後では朝陽《あさひ》を映す海面が穏やかに揺れている。

絶好の船旅日和だと、この時は感じていた。


時刻になると参加者も全《すべ》て揃《そろ》い、学長から訓示を聞くだけの出発式も恙《つつが》無《な》く終了した。

教官二名、訓練生五名、撮影スタッフ三名。

計一〇名を乗せたクルーザーは、進路を西南西へ向けて人工島を出航。

西暦二一四五年、五月二十日、〇八時〇五分。

遠征演習が始まる。——始まってしまった。

◇◆◇◆

五泊六日に渡る深海撮影ツアーである。

アカデミーが所有するこのクルーザーの最大速度は二〇ノットだが、燃料消費を考えると十五ノットがベストの巡航速度だ。これは時速に換算すると一時間で三〇キロを進めるか進めないかというペース。人工島が浮かぶ東京エリアから目的地である大阪エリアの中心部までの距離は約四〇〇キロ、休まず運航しても片道十四時間もかかる道のりとなる。

おまけに、依頼主である番組制作会社からは「できれば東京スカイツリーや名古屋城などの海底映像も欲しい」と要望が来ているので、それら撮影作業の時間を考えると大阪に到着するのは早くても一日後というところだろう。

それはそれでいい。

訓練生たちにとっては初めて経験する海底遺跡の撮影任務だ。事前に簡単なレクチャーを受けているとは言え、大阪に着くまでに肩慣らしは必要だとミナトは思った。

「――潜水用意！」

アイシュワリンの声が響き、要するに、お着替えタイムに突入。

海で活躍することが多い水使いにとって『早着替え』のスキルはとても重要だ。

目安は遅くとも一人あたり三分以内。ただし、クルーザーの更衣室はスペース的に二人ずつしか使えないので着替えるのは順番制となる。五人の訓練生だと三組に分かれるので潜水準備が完了するのは一〇分後になるだろう。なお、今さら早着替えの訓練が必要無いミナトとアイシュワリンは既にダイバースーツを着ている状態。この先撮影作業で深海に潜ると、船上に残るのは番組制作会社のスタッフのおじさんたちだけとなるので、少女たちの着替えを待ちながらミナトはクルーザーの位置固定作業を進めておく。

間もなく「ぎゃー」と悲鳴が聞こえてきた。

参加者の一人、クロエの声だ。

「お、落ち着いて下さい星野《ほしの》さんっ！」とか。

「ちゃん前とめてっ！」とか。

「ンな格好で出ようとするな――――っ！」などなど。

どうやら、普段から着替えが人よりも遅めのナツカが、クルーザーの狭い更衣室に慣れずに焦ってパニクっているのだろう。入浴中なども大きい地震やゴキブリが到来するとバスタオルすら満足に巻くことなく逃げ出してくるタイプだ。今回も、時間に追われた幼馴《おさなな》染《じみ》があられもない姿で甲板に飛び出していやしないかミナトは心配した。がんばれクロエさん。

かくして一〇分後。

船の固定を終えたミナトが甲板に出ると、ナツカのダイバースーツに乱れはなかったが、隣に立つ小さな功労者の表情はすっかりげっそりと疲れてきっていた。

デッキに出ると、ますます快晴を極めていた。

痛快に燃え盛る太陽を中心に、雲一つ見あたらない広大な青色。澄み渡る空の映し鏡として太平洋の水面は宝石を散りばめたようにきらきらと。

しかし、そんな爽《さわ》やかな空模様も海に飛び込むと、徐々に失われてしまうのだ。

水深一五〇〇メートル。日本海最大の海底遺跡——東京。

そこは白日から隔絶した暗黒の世界であり、かつては日本国家の中心的だった都市としての機能は残されていない。

さながら地獄か魔界か。一部の深海生物を除き生存の許されない、水使いが誕生するまで、人類が長らく未開の領域として放置していた空間である。

そんな深海の暗闇《くらやみ》に、明るい笑い声が響いた。

「きゃーなになに、あそこにいる魚！」

廃虚と化したビルの谷間をゆったりと泳ぐ一匹のフクロウナギだ。

異様な風貌《ふうぼう》を持つ深海魚の中でも代表的な種で、簡単に言うとエイリアンチックな見た目をしている。その直後にはミツクリザメも現れる。これまた気味の悪い外見だ。

「すっごーい、きもーい！　ブサイクすぎてミシェル、逆に感動しちゃった的な。ねえ、ほら見てよサオリン、あの魚、ほらほら！」

観光客みたいだとミナトは思った。

元気な女の子は深海に来ても元気である。ナツカもそうだが、引率担当として最後尾から見守っているとよくわかった。深海都市に到着してからは歓声が聞こえてくる瞬間も多かった。崩れたビルに、悪魔のような顔した魚……まるで壮大なお化け屋敷とでも言うか。海底に沈んだ大都市の亡骸《なきがら》は陸上のいかなる風景とも似つかない凄味《すごみ》を湛《たた》えており、それらを自由に見学できるのは、水中での活動能力を持つ水使いならではの役得だろう。

しかし一方で、冷めた声も聞こえてくる。

「よくも、あれだけバカ騒ぎできますね」

言わずもがなクロエだ。

彼女はダイブを始めた直後から、グループを先導するアイシュワリンや他の訓練生たちからは距離を取る形で、撮影機材を運ぶミナトと同じ最後尾をキープして泳いでいた。

「君って、たまにすれてるよな」

苦笑しながら言葉を返すと、むすっとして睨《にら》まれた。

「引っかかる物言いを……、ミナト教官は、私がキャーとかスゴーイとか頭の軽い感じで騒いでたら満足なんですか。むしろ、そういう女の子の方がタイプなんですか。そういう女の子ならデートしても楽しいと?」

軽く言ったつもりが、よくわからん方向に広がってしまった。

「いや、別に僕の好みとは関係無く。ただ、滅多《めった》に無いイベントなわけだし、どうせだから楽しんで欲しいなーと個人的には思ってるかな。訓練外っちゃ訓練外なんだし」

「難しいですね。昔から遺跡とか興味ありませんでしたし」

　さすがは過去を振り返らない少女。

「――で。実際のところ、ああいう子が好みなんですか？」

「あ、その話重要だったの？」

「今しがた教官自ら、訓練外と言いましたよね。なら、個人的な話も許されるのでは」

「ああうん、僕も屁理屈《へりくつ》って大好き」

　意外にも女の子らしい話題が好きなのか。まあ、言っても十五歳の思春期だし、少女いわく「目の上のタンコブ」にあたるミナトをイジるネタが欲しいのかもしれない。

「ああいう子って、ミシェルのことだよな」

「あの赤毛パーマ、そういう名前なんですね」

「赤毛パーマって」

　ミシェルはさしずめ『Ｔｈｅ・女子』と言う感じ。これぞ女の子。感情豊かで、オシャレに気を使い、普段から友人に囲まれている印象が強い。もしもアカデミーが普通の学校と同じ仕組みであれば、いかにもクラスの中心的存在になりそうなタイプだった。

　しかし、あくまで抽象的なイメージでしかない。

「好みも何も、ほとんど話したことないし。保留でいいかな？」

「なら、いったい、どんな子ならいいんですか？」

「実の妹」

「……どんびきだよ」

心の底から蔑《さげす》んだ目で見られた。冗談（半分）だったのだが。

まあ、クロエの好奇心を減退することができたのでよしとしよう。なにせ異性と付き合った経験がないので、どうにもその手の話題は苦手である。

気付けば東京スカイツリーは目前。さくさく撮影準備を始めなければ。

◇◆◇◆

強力な照明は必須。

水使いはテリトリーにより視界補正ができるが、ビデオカメラはその限りではなく、明瞭《めいりょう》な光源を確保しなければ収録は困難、どころか、一五〇〇メートルの深海ともなれば暗幕を撮影するようなものである。クルーザーに戻ってからおじさんスタッフたちに嫌味《いやみ》を言われるかもしれない。照明の設置は重要作業であった。

しかし手順は簡単だ。

適当に置いて、角度を調節し、スイッチをオフからオンに変えるだけ。

「がんばって、メイファちゃん！」

ナツカからの暖かい声援を受け、照明担当に抜擢《ばってき》された少女が喉《のど》を鳴らす。

「……核、発射しない？」

「難しいことはわかんないけど、失敗してもあたしが一緒に謝ってあげるからね」

「さよなら地球」

不吉な台詞《せりふ》と共にパチッと。

深海用の高透過率拡散照明は無事に起動した。

「点《つ》いた、点いたよ！　やったね、メイファちゃん！」

「仰天。このワタシが精密機械に初勝利」

「二人ともライト覗《のぞ》き込《こ》むなよ？　目に悪いから」

大きさはバスケットボール程度の装置だがその光量は凄《すさ》まじく、九〇メートル先のオブジェクトをもくっきりと映し出す。言い換えると鮮明に映るのは九〇メートルが限界だ。

一方、今回の撮影対象である東京スカイツリーは建設当時、全長六〇〇メートルに達したとされる鉄の塔。日本列島が沈没した際の津波で半ばから折れてしまっているが、それでも巨大である。ビデオだと一度で全貌《ぜんぼう》を捉《とら》えるのは不可能だった。照明を移動しながら少しずつ撮影していくしかない。

一通りの準備が整うと、アイシュワリンが訓練生に尋ねている。

「一番にカメラ回したい子いるかしら？」

「僕はアイシュ先輩のお手本とか見てみたいですね」

無言でみぞおちを抉《えぐ》られたのでミナトは腹を抱えた。苦しくて満足にリアクションも取れないし、お笑い番組だったら絵が地味すぎて放送事故だと思う。

そのまま涙目で呼吸を整えていると元気な声が聞こえてきた。

「はいはーい！　ミシェル撮ってみたいかもー」

一五〇気圧の海中でも衰えないガーリーな声で立候補しているのは、テレビタレントみたいなテンションの少女。目下、誰よりも遠征演習を満喫しているようだった。

「重いから気をつけるのよ」

重量は二〇キロ。しかも深海用の超密度設計なので水中でも浮力は無いに等しい。訓練生とはいえ軍人並みの体力強化をしているわけでもないミシェルが担ぐのは苦しそうだ。

案の定、持ち上げる段階で、少女は顔をしかめた。

「……ちょ、マジで重いし！」

「ミナト教官、サポートしてあげて」

僕の異名、セクハラ大王だけどいいのかな？

まあ、先輩命令には逆らえない。やるだけやってみよう。傷つくことには慣れている。

実際、まったく問題なかった。

アカデミーの女子代表とも言うべき少女が如才ない笑顔を浮かべたのだ。

「あ、ミナト教官が手伝ってくれるのぉ？　ミシェル感激でーす」

「あれ」意外だったので思わず、「僕のこと怖くないの？」

はいー、とミシェルは明るく頷《うなず》いている。

「こないだ、自慢されちゃったんでぇ」

「自慢？」

「アイシュ教官にね、あいつは私にだけセクハラしてくれるってぇ。つまりミシェル的には無害みたいな☆」

「——ちょおっと待てよミシェルぅッ！」

アイシュワリン本人が絶叫に近い声を上げる。

「そんな言い方はしてないでしょッ!? あれは訓練生がミナト教官を必要以上に怖がらないようにっていう配慮だから……ってかミナトも微妙に嬉《うれ》しそうな顔すんなッ！」

「あ、すみません。ついに僕と利害が一致したのかと」

「一切してねーわッ！ あんたね、もしもこの演習中に一言でも不埒《ふらち》な発言してみなさいよ、必ずや殉職させてやるからッ」

つれないな。昔は一緒にポッキーゲームやった仲なのに——と言いたかったが、訓練生の前なので彼女の痴態は心に秘めておくことにしたミナト。

黙々、考えていると後頭部をはたかれてしまう。

「いいからさっさと作業始めなさいよ、エロ坊主っ！」

「じゃあ、僕が浮いてカメラを上に引っ張るから。ミシェル訓練生は撮影して」

「はぁい」

ひとまず、東京スカイツリーの収録は無事に終了した。

◇◆◇◆

大阪に着くまでは一日のほとんどは船上で過ごす。

休む時間は無かった。

間もなく正午だし、昼食の準備をしなければならない。

「そういうわけで僕はキッチンに行ってきますので」

「任せたわ」

アイシュワリンに操舵室《そうだしつ》を引継ぎ、ミナトは食事を作るために船内キッチンに向かう。

カメラの扱いにはトラウマを持つ彼女だが、クルーザーの操縦などは、やはりプロの水使いだけあってお手の物だ。頼りになる先輩で良かった。おかげでミナトも昼食準備に専念できる。いや、そもそも彼女の料理の腕がアレでなければミナトが給仕担当を押し付けられることもなかったのだが。

前向きに考えよう。ミナトは料理が嫌いじゃない（好きでもない）。

仕事は仕事だ。真剣にやる。業務で食中毒を起こしたら社会的制裁が怖い。

使い捨ての厨房着《ちゆうぼう》を上から羽織り厨房に立つと、少しも経《た》たないうちにメイファが立ち寄った。船の構造上、サロンからでも調理台は丸見えなのだ。

「予想外の展開」

彼女は厨房台に顎《あご》を乗せると、眠そうな小顔を斜めに傾けている。

「ミナト教官が手料理？」

とりあえず使う食材や調理具をシンクに並べながらミナトは頷《うなず》く。

「自ら志願した。先輩教官のご機嫌でも取ろうかと」

「……小物的な思考。将来微妙な地位で終わるタイプ」

「僕もそう思う」

「でもミナトくんって、料理作らせても上手なんだよねー」

厨房台の上に新顔が一つ増えた。こっちはニッコニコしてる。ナツカだった。

闖入者《ちんにゅうしゃ》の情報提供にメイファが質問を返す。

「ナツカ、教官の料理食べたことあるの？」

「あるよ。最後はいつだっけ？　マツリちゃん……って、ミナトくんの妹さんが台所に立てない時とかたまに作ってるんだよ。ミナトくん昔から器用だったしね」

「ほー。料理のできる男子」

メイファが感心したように相槌《あいづち》を打つ。ミナトは冷静に謙遜《けんそん》した。

「器用と言うか、テリトリーの拡張能力使ってズルしてるんだけどね」

「まさかの調理系水使い？」

「なにそれ憧《あこが》れる。でも、違うよ。僕の場合、レシピ情報の記録と出力ができるだけ」

「出力？」

「計算シュミレーションに基づいて自分の身体《からだ》を動かす能力と言うか……今から実際に使

うんだけど、見てもわかりにくいかも。地味だし」

言下、ミナトは銀鼠色《ぎんねずいろ》のテリトリーを拡張する。

同時に、事前に並べておいた調理具と食材の位置をデータとして保存した。

「道具の位置と食材の位置と厨房《ちゅうぼう》の構造、この三つの情報を記憶すれば、それらが不規則に動かない限りは〝決まりきった手順〟で作業ができるだろ」

実際にミナトはシンクに置かれたジャガイモやニンジンなどの野菜を水洗いしたあとに、一つ一つの皮を剥《む》いてボールに収めていく。皮むきが終われはまな板《いた》に乗せてブツ切りに。タマネギだけは微塵《みじん》切り。フライパンに油を引くとタマネギや豚肉を炒め始めた。

「あ、カレー」

「カレーだよ」

「テリトリーでカレーを作る教官。これは、なんと言うか」

「地味だろ？　こう見えて今もバリバリ能力使ってるんだぜ、僕」

水使いと言っても拡張能力は千差万別。

クロエが持つ万物を切り裂く能力のように、中には森羅万象に変革を与える水使いだって存在する。個人でありながらも破壊兵器と同一視される者もいる。魔法使いや超能力者と呼んでも過言ではない存在。二十二世紀に誕生した人類の希望。地球は今、水使いを中心に回っている。しかしミナトは今、全力でカレーを完成させたところだ。

味の方はレシピ通りに作ったので「ひどく普通のカレー」と、まずまず好評だった。

◇◆◇◆

夕飯にもカレーを出すと一部からブーイングが上がったがミナトはシカトした。

夜八時。

クルーザーは愛知エリア名古屋の海上に到着する。

訓練生に「潜水用意」と伝えて、着替えが終わると皆で夜の深海へとダイブした。

今回、撮影対象となるのは名古屋城だ。日本の歴史的建造物である。

しかし、それどころではなくなってしまう。

ものすごい生き物が現れた。

「……なに、あれ？」

「普通にモンスターかと」

深海一五〇〇メートルの暗闇《くらやみ》に漂う青白い光。

地球上で最も巨大な生物はシロナガスクジラ（最大でも三〇メートル級）と言われているが、しかし今、名古屋城の上部で揺れている奴《やつ》の全長は実に六〇メートル級だった。

ぱっと見はミミズ似の化け物。

異常に細長く、イソギンチャクのように多数の触手が蠢《うごめ》めている頭部（？）は、なんだかお城を乗っ取りに来た宇宙人のように見えなくもない。ただただ気持ちが悪い。

しかし、それを見つけて嬉々《きき》とした声を上げる訓練生が一人。

「クダクラゲだーっ！」

自称マニアである星野《ほしの》ナツカの言う通りだった。

幽霊やUMAの類《たぐい》ではなくクラゲの一種である。小さな生物が集合することで形を作る群体生命であり、時としてクジラよりも巨大な個体もいるという噂《うわさ》だが、あれはひょっとすると世界記録を更新してるかもしれない。

ところでミナトは、先ほどから自分の両腕がえらく痺《しび》れると思っていた。

見ると、ナツカが興奮した顔で一生懸命、右腕を壊死《えし》させようとしている。

「すごいっ、大きいよ、鼻血出そうかも！　長生きするほど際限なく大きくなれる種類だけどあのサイズは恐れ入ったよねッしかもだよ普段は深海八〇〇メートルの中層圏に生息するはずの種類なのにこの深さでも確認できるなんてクラゲ界に激震が走ると言うかミナトくんあたしを抱き締めてっ、ドキドキするるっ！」

「ナツカは物知りで偉いなあ、でも少し落ち着こうか」

左を見るとクロエもクロエで人の腕を圧迫中。こちらは逆に戦々恐々としていた。

「……ゆ、幽霊ではないのですね？　幽霊はダメですよ、物理攻撃が効かないので」

天才少女だけあって理屈の通じない相手は苦手らしい。納得の弱点だった。

ミナトは両腕の感覚が失われていくのを惜しみながらアイシュワリンに尋ねる。

「撮影どうしましょう？　城の屋根に化け物が乗ってますけど」

彼女は悩ましい顔を浮かべて唸《うな》っていた。

「……うーん。クダクラゲって確か、猛毒で有名なカツオノエボシとかでしょ？　下手《へた》に動かそうとしたら刺されないかしら」

「あれだけ見事だと退治するのも気が引けますしね。一緒に撮っときますか」

撮影続行が決まるとカメラマンにはナツカが志願していた。

むしろ屋根の上に照明を展開してクラゲしか収録しない勢いだった。

重いカメラも楽々と持ち上げて、すっかりメロメロになっている。

「うわーうはーっ、ほんと来て良かったなーっ！　これって一生の思い出だよねっ」

「良かった良かった」

名古屋城の撮影をもって、五月二十日の予定は全《すべ》て終了した。

◇◆◇◆

日付けが変わり五月二十一日になったばかりの深夜。

クルーザーは大阪エリアに到着した。

ミナトが時計を確認すると、まだ午前二時を少し回ったところだ。ミナトを除く全員がとっくに就寝している。本日の予定だと訓練生は六時半に起床。朝食を取ったのちに八時から大阪の深海にダイブする予定だ。船での移動が中心だった昨日とは違い、今日からは本格的に海底遺跡の撮影を行う。

逆に言えば、朝が来るまではミナトもやることを失った。朝食の準備は昨晩のうちに終わっているし、アイシュワリンと交替で仮眠に入るまで一時間以上ある。

逆に好都合。ついに暇が訪れた。

「いいよね、ちょっと息抜きしても」

一人デへへと笑うとミナトは甲板に出て、そそくさと釣りを始める。

睡眠時間もろくになく、操舵《そうだ》に料理に訓練生の監督と、一日中働いたのだから、この程度の余興は許してほしい。普段から船釣りとか行く機会無いし。ナツカにとってのクラゲと同じで、釣りがミナトの唯一に等しい趣味である。

釣りは料理と違って計算が成り立たない。

ミナトの拡張能力は地味だが、万能な面もありカレーを作ることからバスケットボールのフリースローに至るまで、様々な分野に応用することができた。物理的な計算に強く、それが通用するゲームやスポーツを楽しめた経験が少ない。一種の器用貧乏と言うか。

しかし、釣りに関しては魚の気分次第で結果が変わってくる。自分の思い通りにいかない感覚が楽しいのだ。だから将来も妹と旅館を始める時は海辺にして釣り三昧《ざんまい》で客には新鮮な魚料理を振舞う予定なのでこぞってお越し下さい。

漆黒に染まる海面に釣り糸を垂らし始めた。

今夜はナツカの「釣れてまっかー」が聞こえてこない。

「釣りするんですね」

代わりに聞こえてきたのはクロエの声だった。

おや。頭上を仰ぐと、少女は屋上デッキの手すりに肘《ひじ》を預けてミナトを見下ろしていた。

「まだ起きてたの？」

「船が止まったので、何事かなと。もともと眠りは浅い方ですし」

会話が一往復した後、彼女は軽やかに手すりを飛び越える。

ミナトのいる前部デッキまでの高低差は四メートルだ。

「ちょ」

さすがに無茶《むちゃ》だ、と思ったのも束《つか》の間《ま》、彼女はテリトリーをクッションのように展開して、軽快に降りてくる。パジャマの上に羽織っていた茶色のカーディガンが羽のように揺れて、月の大きな夜だから、ちょっと絵になっていた。相変わらず器用だと感心した。

でもミナトは顔を顰《しか》める。

「危ないことする子だな」

苦言を伝えると涼しい顔で肩をすくめた。

「だって、中から回ってくると面倒じゃないですか」

「意外と物臭な……二度とすんなよ。あ、座るならちょい待って」

ミナトがジャケットを差し出すと、腰を下ろしかけていた少女が首をかしげる。

「その上着は？」

「君、私物のパジャマじゃんか。僕の、汚すの前提の作業着だし、裏にして敷けば？」

「……あ、どうも」

シート代わりの上着を受け取るとクロエは少し立ち尽くした。

ようやく座っている。膝《ひざ》を立て、何故《なぜ》か難しい顔をしていた。口を開く気配は無い。

一方で、ミナトには話題があった。

「ちょうど、クロエに感謝してたんだ」

彼女は眉《まゆ》を動かす。心当たりの無い顔でミナトを見つめ返した。

「なんのことです？」

「ナツカのこと。あいつ、名古屋ですごい喜んでたろ。あれ見て、参加させられて本当に良かったと思った。クロエのおかげだよ、ありがとな」

「……それは、別に」

両膝に口元を隠した。

「あなたのためにやったつもりはありませんし、それに頑張ったのは星野《ほしの》さんです。お礼を言われる筋合いなんてありません」

「君ならそう言うと思った」

「それ腹立ちますね」

睨《にら》まれる。詰め寄ってくる。

「じゃあ、本当に感謝してると言うなら、ミナト教官から何かお返しがあるんですか？」

「お返しと来たか」

まさか見返りを要求された。十中八九、困らせるのが目的なんだろうけど、しかしミナトは彼女が頑張ったと心から思うので態度で示すのも悪くない。

だとすれば、ここは一つ、例のアレしかないのでは？

最終的な確認もこめて。

ミナトは恩返しの内容を口にした。

「なら、少し早いけど、ここらで〝奴隷契約〟を解除するってのは？」

「え」


――ああうん。この子ガチでした。

もはや包み隠さず悲しい顔をしている。今まで曖昧《あいまい》に表現してきたがクロエ＝ナイトレイはアレである。ドMである間違いない。なんてことだ。償いきれない罪を犯してしまった。こんないたいけな少女を目覚めさせてしまった。某長官も怒り狂うだろう。殺されても文句は言えない。こうなったら彼女の幸せのためにも責任もって、将来が有望なドSの王子様を探してやるべきなのか。それともミナト自身がドSに転向するべきか。しかしクロエはドMなだけで基本的に自分のことを嫌っているだろうとミナトは考えていた。だから難題だった。ここまで動揺した経験はいまだかつて記憶に無い。一度でいい、タイムリープしたい。

かくしてミナトは一秒後に前言を撤回した。

「なーんて言うと思ったか！」

またこのパターンかと我ながら。

「世の中そんなに甘くないぞ。卒業まではきちんと奴隷でいてもらうから覚悟しろよ」

「ですよね！　それは仕方ないです約束です。こちらこそ卒業来たらブっ潰《つぶ》します」

これまたわかりやすくホッとした表情で胸を撫《な》で下《お》ろしたわけで。

――わかりやすいのも時として問題だと思う。

苦虫を噛《か》むようにゆっくりと、ぎこちなくクロエは笑った。

「教官って、ほんと意地悪な人ですよね。そういうとこ、軽蔑《けいべつ》です」

誤魔化《ごまか》すように浮かべた笑顔があまりに可憐《かれん》だったと言うか。

ふいっと、クロエが目を逸《そ》らした後になり、ようやく自分が彼女をまじまじと見つめてしまったことにミナトは気付いた。意識すると妙に気恥ずかしい。相手が三つも年下の教え子なだけに後ろめたかった。

出会った時に抱いた第一印象は正直「小生意気で楽しいおチビちゃん」くらいのもの。

正体は、ただの魅力的な女の子だった。

ああ思春期……とミナトは自嘲《じちょう》してしまう。やっぱり教官には向いていないと再認識。

◇◆◇◆

朝八時になった。

本日から本格的に大阪エリアの撮影を始める。

これまで日本の海底遺跡の取材だと〝かつての日本都市の街並み〟と銘打って東京を始めとする関東エリアにスポットが当たることが多く、一方で西日本だと歴史的遺産の多い京都や奈良の撮影は何度か行われたが、大阪がメインで取り扱われることはなかった。バラエティ性の低いドキュメンタリー番組とは言え視聴率は重要。毎度のごとく同じ海底都市を特集するわけにはいかず、このたび『愛された下町』というテーマで大阪特集が決まったらしい。

以上、アイシュワリンが聞いたという内部事情だった。

「とは言え興味無い人からしたら、たとえニューヨークだろうがロンドンだろうが海底遺跡なんて、どこも同じ廃墟《はいきょ》なんだし、違いなんていちいち気にしちゃないわよね」

「みもふたも無いっすね」

旧大阪市海底、適当なビル屋上を見つけるとミナトたちは降り立った。

深さは一五〇〇メートル以下、事実、大阪も他の海底遺跡と変わらない沈黙と暗黒に満たされている。東京エリアと比べ、全体的には高い建物が少ない印象だ。お笑い文化で有名だった街だが今やその活気は微塵《みじん》も残されていなかった。

とりあえず、ミナトは重たい撮影機材を足場に下ろす。

スケジュールには限りがあるので、効率良く行動しなければならない。

後ろで控えていた訓練生に振り返ると号令をかける。

「今日からは昼食の時以外は船に戻らないから。体調が悪くなったらすぐに言うこと」

作業時間が長いことを除くと、あとは東京や名古屋での撮影と変わらない。

予定では今日一日で通天閣の周辺、特に新世界と呼ばれた繁華街など、大阪の主要スポットだったあたりを精力的に撮影しなければならない。

船で休む時間の多かった昨日と比べれば当然ハードである。

そして、陸上とは比べようもなく深海での「疲労」は面倒なのだ。


それでも初回の作業はスムーズに終わった。

異変が起きたのは大阪二日目、五月二十二日の午後になってからだ。

「サオリ、大丈夫?」

聞こえたメイファの声にミナトは振り返った。女子訓練生が一人、蹲《うずくま》っていた。

場所は道頓堀の周辺。

海没により今や河川や日本橋は消失しているが、かに道楽やグリコネオンなど当時の大阪を象徴するオブジェクトが形を残しているので撮影対象に含まれている。

そして、当時のメインストリートにあたる海底で、参加者の一人である水島《みずしま》サオリが体調不良を訴えている。彼女はナツカと同じで、推薦ではなく自主参加の訓練生だ。

立《た》ち眩《くら》みを起こしたのかもしれない。

その声も覇気が無かった。

「……うぐぅ、すみませーん、ちょっと眩暈《めまい》が」

すぐにアイシュワリンが厳しい顔で言う。

「ミナト教官、この子を船まで連行して」

「あいさー」

体調不良、即、船上送還。

ほぼ鉄則のようなものだった。

教官陣の決定を聞き、水島サオリは驚いたように顔を上げると手を振っている。

「あ、いえいえ。そこまで大げさじゃなく。ほんと、軽い眩暈で」

「遠征演習前にも講習で伝えたけど眩暈、頭痛、吐き気、動悸《どうき》過剰、視覚異常などの症状は〝深海酔い〟の可能性がある。放置せずに船上で安静にすること。命に関《かか》わるから」

「うぅ……大丈夫なのに」

水使いの体調管理は極めてシビアである。

特に長時間、深海に滞在する作業に付き物なのが〝深海酔い〟だ。

テリトリーで保護を受けている状態とは言え、即死レベルの水圧が与える精神的な圧迫感は強いもので、無意識下でストレスが溜《た》まり心身に異常を来たすことがある。

これが重症化するとパニック症状に繋《つな》がり、――最悪はテリトリーの解除。

つまり死ぬ。

なので少しでも訓練生に自覚症状または他覚症状があれば教官は放置してはいけない規則になっている。疑わしきは守れ。安全第一だ。

「船まで自分で泳げるか？」

「……はいー」

いかにも残念そうな表情で、水島《みずしま》サオリは海底を蹴《け》って浮上を始めた。訓練生の単独行動は認められないので教官としてミナトが先導する。

遊泳速度は二〇ノット。海上までは五分程度かかる。


道中、ただただ残念そうだった。

「自分って、もう撮影できないんですかね……」

ミナトは頷《うなず》いた。

「うん、今日はこのままお休みかな。水島は、撮影するの好きなのか？」

「撮影と言うか、自分、海での仕事を勉強したくて」

「なるほど」

「自分、大した拡張能力じゃありませんから。でも、水使いなら漏れなく海に潜れるので。

海の中ではがんばりたいなあと。でもこの体たらく……無念だわ」

「調子悪い時は誰でもあるし、深海酔いは上級課程の訓練でだいたい慣れるよ」

前向きだと思うし、素直に応援した。

なんとなく、幼馴染《おさななじみ》の少女と重なって見える。

ナツカもそうだし、クロエもそうだ。彼女たちも将来は自分なりの生き方を見つけて、胸を張っていてほしい——やがて海面越しに見えてくる太陽を眺めながら、ミナトはそんな青臭い考えに時間を費やした。


しかし、長い一日は訪れたのだ。

◇◆◇◆

翌日。

——五月二十三日。午前八時。

雲行きは怪しく、朝から小雨がしとしと降り続く空模様だった。

不幸なことに、水島サオリの体調不良の原因は風邪《かぜ》だったらしく、昨夜からは熱を出してしまい本日も寝込んでいる。当然、残り二日ある撮影作業の参加も不可能。泣きながら残念がっていた。かわいそうだがしかたがない。

大阪市は昨日でだいたい終わったので、本日は船を少し移動させて堺市《さかいし》エリアを収録することになった。高所にカメラを設置した俯瞰図《ふかんず》がメインらしいので昨日よりは楽である。

ただ、怪しい天気が気になった。

アイシュワリンが船上に残る番組スタッフのおじさんを捕まえて声をかけている。

「船から有線無線機を連れていくんで、もし天候が悪化したら連絡をくださいね」

「時化《しけ》は怖いもんな。頼んだぜ」

万が一、海が大荒れになるとクルーザーが転覆する恐れがある。

それでも水使いなら溺《おぼ》れる心配も少ないが、スタッフたちはそうもいかないのだ。有事には備える必要があった。

なお、海中では電波式無線機は使えないので基本的には有線無線機を使う。

通信用コードは三キロくらいまで伸ばせるが、深海まで持っていくとかなり邪魔だ。海底遺跡を移動するとあちこちに引っかかるので気を付けなければならない。面倒だ。ミナトの担当になった。

今日も大阪海底にダイブを始める。

潜る途中、隣にいるナツカは浮かない表情をしていた。

「サオリちゃん、残念だったねぇ……」

「本人は乗り気だっただけにな。まあ、来年もあるし」

「え。二回目でも参加できるんだね」

「自由参加の枠で他に希望者がいなければだけど。大丈夫でしょ。来年もセクハラ大王の僕が引率担当だろうし、女子は寄りつかんと思う」

「あたしは寄るよー？」

「ふむ、」

ミナトが必死に冷静を装っていたところ、前方を泳いでいたミシェルがくるんと体勢を入れかえた。後ろ向きで器用に潜水しながら口を開く。

「ミナト教官にしっつもーん」

「なんでしょう」

「アイシュ教官にだけセクハラしてたって話だけどぉ、それって好きだったからぁ？」

あ。先頭にいるアイシュワリンの肩がびくんと跳ねている（なぜかクロエも同じ反応）。

そして、ナツカの笑顔は明るかった。

「確かに、ミナトくん、訓練生の時からアイシュ教官と仲良しだったよね」

てっきり、そろそろアイシュワリンが「くだらないこと訊《き》いてんじゃないわよ！」と怒鳴り声を響かせるかと思ったのに、そういうこともなかった。黙々と泳ぎ続けている。どうやらミナトは質問に答えないといけないらしい。

なんと答えたら良いものだろうか。

好きは好きだが恋心とはまた違うし、好きは好きなので完全否定する気も無いし。

——しかし、ミナトが頭を悩ませる必要はなかった。

ミシェルの質問に回答する機会は現時刻をもって失われる。

その音は響いた。

——ポーン——

「潜行中止」

アイシュワリンの指示に全員が動きを止める。

直後にも同じ音が響いた。

それは超音波式のソナーだった。

本来は非可聴音域であり人の耳に聞こえるものではないが、水使いのテリトリーには超音波を感知する性質がある。なので音を聴くと言うよりは「振動の体感」に近いかもしれない。

だからと言って軍事用のパッシブデバイスほど精度は高くないのだが、それでも超音波が発信されたおおよその方角は掴《つか》むことができた。

——海底からだ。

ポン、ポン、ポン、ポーンと、定期的に波長を変えながら断続的に響いている。

ミナトはミシェルの質問を保留にする形で、先輩教官の隣にまで下降する。

「潜水艦すかね？」

「だと思うけど。でも、うちらの演習と被《かぶ》らないように、連邦軍の潜水艦の運行予定だったら確認したのよ？　どこその民間調査艇かしら。とりあえず、全員、その場に待機」

水使いにとって潜水艦は事故のもとだ。

アレは動く鉄の塊であり、特に軍事潜水艦となると時速七〇キロ近くで移動するタイプもあるので衝突でもしたら大怪我《おおけが》は免れない。原則、近くでソナー音がしたら、離れていくまで下手《へた》に動かないことである。

その後もソナー音は響き続けた。

ポーン、ポーン、ポーンと。

「――あれ」

誰よりも早く、クロエが気付いていた。

「これって……ひょっとしたら、モールス信号では？」

「言われてみれば」

確かに、先ほどから短音と長音を規則的に繰り返しているのだ。

聞いた通りにモールス表記に直せば「・・・――――・・・」となる。

あまりにも有名なメッセージだった。

「SOS、……救難信号か」

口にした瞬間、自分のテンションが一気に下がっていくのをミナトは感じる。

こうなると、事故発生の可能性は濃厚だ。

しかし、ミナトたちの現在地は水深八〇〇メートルの海中。ソナー音はもっと深いところから聞こえてきている。

仮に発信源を海底だとすれば、一五〇〇メートルの深海から助けを求められているのだ。

しかし、もしも潜水艇の沈没事故ならば、現在のメンバーだと救助は絶望的である。

何故《なぜ》なら救助向きの能力者がいない。数トン以上はある潜水艇を引き上げられる力か、もしくは他人を深海に適応させられる拡張能力は不可欠だ。

当然、クルーザーにはサルベージ用の装備は搭載されていない。

原子力潜水艦ならば息も長いので、今から救助を呼べば間に合うかもしれないが……そうでも無い限り十中八九、助からないと思う。

よってミナトは暗い表情を浮かべた。アイシュワリンも同じ顔だった。

「……まあ、見てみぬフリはできないわよね」

「……ですね。とりあえず、どこから出てるSOSか突き止めましょう」

希望を捨てるべきではない。

海上に報告した後、ミナトたちは救難信号の発信源を突き止めるべく潜行を再開した。

◇◆◇◆

予想外の事態は連続する。

ソナーを使ってSOSを発信していたのは潜水艦などではなかった。

――海底施設。

深海一五〇〇メートルに佇《たたず》む、昔の石油コンビナートである。

いや、正確にはコンビナートの一部だと偽っていた。多くの工業施設が海没に崩壊している中で、ひときわ原型を保つドーム状の建物がある。そこから心臓が脈打つようにソナーの音波が響いていた。やがて、まるでミナトたちに見つかることを待ち望んでいたように、救難信号はその鼓動を止めた。

しばらく、誰もが言葉を忘失した。

そのドームの上に降り立つと、鈍いタービンの振動音が伝わってくる。

おそらく、それは発電機関なわけで。

「……深海に基地？」

アイシュワリンの呟《つぶや》いた言葉に、撮影機材を下ろしたミナトは腕を組んで首をかしげる。

「海底施設って、現在はEUと旧ハワイの二ヶ所だけだって僕は聞いてますが？」

「だって、現にあるじゃない」

「そうなんですよね。こてこてに怪しいなあ……」

海底基地というのは建設と維持が非常に難しい上に、苦労して造ったところで利益を生むことはほとんど無い。

考えうる施設の目的は研究か採掘。いずれにせよ運用には莫大《ばくだい》な資金が必要だ。だから、スポンサーを募《つの》るのが自然であり、普通は世間に公表するものである。資金援助を必要とせずに単独で運営するとなると、財団か国家レベルの財源を持っていることになる。もしくは、財団や国家そのものが民衆に隠れ、裏で結託しているか――

誰も知らない海底施設。

見るからに怪しい物件だった。

「僕の憶測ですけど、たぶん、この施設ろくなことしてませんよ？」

暗鬱《あんうつ》な表情で頷《うなず》くアイシュワリン。

「あたしもそう思う……新型麻薬の栽培とか新型兵器の開発とか終末思想な信仰宗教団体がいたりして。でも、仮に犯罪者でもＳＯＳ無視して死ねとは言えないしな……」

彼女の中では救難要請に応じる方向で腹が決まっているらしい。

この時、もしも、施設の実情を知っていれば、絶対に引き返していたに違いないが――

しかし、何も知らないミナトたちは、施設への潜入経路を探し始めた。


三〇分後、潜水艇用の搬入ゲートらしき設備を発見したが、内部とコンタクトする方法がわからず、外部からでは開けられそうになかった。間もなく諦《あきら》める。

さらに一〇分後、建物下部で給排水路らしき空洞を発見した。

「行けそうですね」

前例の少ない海底施設にもセオリーは存在する。給水目的のウォーターダクトなら内部に潜入できる公算は高かった。

海底に立つアイシュワリンはミナトや訓練生の方へ振り返る。

「まずは、あたし一人で先行調査してくるから、他の者は待機すること。ミナト教官、訓練生を監督してて」

「それ、役割を逆にしませんか？」

いまいち不安を拭《ぬぐ》えていないミナトは先輩に意見を立てた。

「なにせ先輩は見た目がいやらしいですし、飢えた悪党どもに襲われてエロ本みたいな展開になる恐れも」

「もうちょっとマシな心配ができきんのか貴様っ！」

怒鳴られた直後には、アイシュワリンに言いくるめられてしまう。

「そもそも中にいるのが悪党なら、なおさらあたしが行くわよ。対犯罪者なら、あんたよりもあたしの方が向いてるんだしさ」

「それは認めますけど……」

水使いとして〝限定活動型〟に属する彼女は拡張能力を展開すると『アカデミー最速』と呼ばれるほどに行動速度が跳ね上がるスピードスターだ。超人的な速度を活《い》かした格闘術なら、たとえ相手が悪党だとしても、並の人間では歯が立たないだろう。

でも、わりとドジだもんなぁ……それだけが心配だ。

「なにしけた顔してんのよ。先輩の決定には従うもんよ」

「わかりました。……けど、絶対に無茶《むちゃ》はやめてくださいよ」

「しないしない。ちょっとでもヤバそうな気配したら救助やめて戻ってくるから」

屈託なく笑った後、彼女は二重遭難防止のためのワイヤーロープを自らの腰に括《くく》り付《つ》け、束の部分を後輩に託すと水路の中へ姿を消した。

◇◆◇◆

潜入を開始する。

アイシュワリンは暗黒の中で、ゆっくり、一〇ノットに満たない速度で水路の奥を目指す。

「…………」

正直言うと、彼女は暗い所も狭い所も得意ではない。

むしろ苦手。嫌い。こわい。さいあく。

やっぱり山城《やまじよう》ミナトと配置を交換すれば良かったか。ほんのり後悔もしたが、今さら戻ったところで先輩の立場が地に落ちるだけだ。とっくに彼からは先輩扱いされてない恐れも無視できないが、そこは精神衛生上の都合により考えない方向で……

幸い、トンネルの方は優に一人分の幅があり、先に進むのには苦労しない。

ただ、山城ミナトに預けてきたコネクトロープの長さだけが心配である。一応、五〇〇メートルまで伸びる代物だが、内部が入り組んでいると最悪は足りない可能性も出てくる。

——ほら、言っている傍《そば》から分かれ道だ。

右か左。まあ、間違えたらロープを辿《たど》って戻れば良いだけなので、アイシュワリンはとりあえず右を選んで移動を再開する。

五分もするとイライラし始めた。

「……にしても無駄に長いわねっ」

まだ水路の終わりが見えない。分かれ道は既に三つ目だ。

犯罪の匂《にお》いがする海底施設。進めば進むほど、アイシュワリンは漠然とした不安を募《つの》らせていく。施設が広ければ広いほど、その背後にある存在の途方も無さを実感するようで怖くなった。巨大な規模に反して、世間からは隠れるように建てられた施設。

ひょっとすると自分は、来てはいけない所に足を踏み入れているのでは？

怪談のような妄想が彼女の頭に巡り始めた頃だった。

四つ目の分岐を迎え、彼女は左に曲がり——

人間が半分ほど落ちていた。


「……嘘《うそ》、でしょ？」

アイシュワリンは咄嗟《とっさ》に発しかけた悲鳴を、それでも懸命に飲み込んだ。

表情だけは大きく引《ひ》き攣《つ》る。

文字通り半分だ。上半身だけだった。女性に見えた。

思わず背後を振り返ったが、もと来た道に変化は無い。あたりには死体を除いて何も存在しなかった。あるはずの下半身すら、見当たらなかった。

自分の肌が粟立《あわだ》つのを感じながら、それでもアイシュワリンは慎重に死体へと接近する。近づいてみると、やはり女性の死体であり、まず目に付いたのは服装。

ダイバースーツを着ている。しかし、呼吸器具は装備していない。可能性は二つ。死んでからここに捨てられたのか――でなければ彼女も水使いだったのだろう。

普通、水中に死体を置くと水を吸って醜く膨張するものだが、そういうこともなく、きれいな状態。つまり、死後それほど時間は経過していない。

最後に、死体が身に付けたドッグタグを発見する。

そこに刻まれている名前を呟《つぶや》いた。

「ステラ……」

タグを彼女の首から引きちぎった後、アイシュワリンは戻ることを決心する。

死体の状況を見ても、明らかに他殺である。

しかも、水使いを殺害する危険な奴《やつ》だ。加えて、仮に、このステラという女が水中で殺されたのだとすると、犯人も同じ水使いである可能性が高い。

犯人が施設内部の人間であろうと外部の人間であろうと、まだ付近に潜伏している可能性がある以上、何も知らず外で待機しているミナトや訓練生たちが心配になった。

――戻ろう。

外へと続く赤いロープに従い、アイシュワリンは元の道を引き返そうとして――

「あ」

彼女は暗闇《くらやみ》に引きずりこまれた。

◇◆◇◆

外で待つミナトたちの目の前で、突然ロープが激しく暴れた。

「……なんだ？」

束にしてまとめてあった綱が急速に、トンネルの奥へと伸び始めたのである。

今までの、ゆっくりとしたアイシュワリンのペースとは明らかに異なっていた。一分前から移動が止まったと思っていたが、突然激しく動き出したのだ。尋常ではない速度で。

「何してんだ、あの人っ」

トラブルの発生は明白。

異常があれば一度戻ってくると彼女は事前に約束していた。しかし、目の前のロープはひたすらトンネルの奥へと吸い込まれていく。

もしかすると、アイシュワリンは施設の中で何かを見つけて追いかけているのかもしれない。確かに、あの人ならこのくらいのスピードは容易《たやす》く出せるだろう。しかし、速ければ速いほど、こちらで束になっていたロープも勢いよく失われていくわけで。

直後、張り詰めたロープが力を失い、海底に落ちた。

悪い予感。ミナトの背筋は凍りつく。

「……おい、まさか」

試しにロープをたぐり寄せる。

——くた、っと。いやにあっさりと戻ってきた。まるで抵抗が無い。

思わずミナトは頭を抱えた。

「……切れてんじゃん」

最悪だった。

確実な連絡手段が無い海底である。ロープが切れたことに本人が気付き、引き返してくれば良いのだが。当然、このまま戻ってこない場合も考えられる。

「何ごと？　アイシュ教官は？　ねえ」

彼女の教え子であるメイファが、眉《まゆ》を顰《ひそ》めて安否を尋ねてくる。しかし、ミナトにだってアイシュワリンの置かれる状況に想像が付かない。

ただ、気休めを言っても仕方ないと思ったので事実を告げる。

「セーフロープが切れた。彼女も二次遭難した可能性がある」

「大変。探しにいく」

「僕が行く。みんなはクルーザーに戻れ」

「ダメ。ワタシ反対。それ、ミナト教官も消えるパターン……」

「怖いこと言うなよ。映画の観《み》すぎだ」

だいたい、メイファの言う通りこの先が「一度入れば二度と帰れない……」なホラー映画的な場所なのだとしたら、なおさら訓練生である彼女たちを連れていきたくはないし。

消息を絶った先輩教官と、救難信号を送る謎《なぞ》の海底施設。

ミナトにしても、こんな胡散臭《うさんくさ》い場所に一人で潜入するのに不安しか感じない。しかし、それにも増してアイシュワリンのことが心配だった。

だから、やはり一人で行くのが最善だと思う。

教官の立場としても、個人的な感情としても。

しかしクロエが鼻を鳴らした。

「私も反対です。仮にアイシュワリン教官がトラブルに巻き込まれたとして、ミナト教官一人では対処が難しかったらどうする気ですか？　全員で行動した方が合理的です」

人手が多いと助かるのは事実だ。

しかし同行を認めるかは別問題である。

「僕とアイシュ教官はプロだから、極端に言っちゃえば危険を冒すのも任務の一つに入ってるけど、君らは訓練生だから違う。納得してくれ」

「命令ですか？」

「命令だ。クルーザーに戻るんだ」

「聞けませんね」

反逆された。今回ばかりは、たとえ「奴隷」という言葉を使ったところで効果は無いだろう。碧眼《へきがん》の瞳《ひとみ》から強い意志が感じられた。

「あとで反省文でも独房でもお好きにどうぞ。私は絶対に付いていきますので」

「困ったな」

説得に時間をかけていたら、アイシュワリンとの合流が難しくなる一方だと思う。

さらに、ナツカまでが加担してせいで、いよいよ収集が難しくなる。

「あたしも、ミナトくんだけ行かせて、もしも何かあったら後悔するもん。いやだよ、一人で無理したら。除名でもいいよ、あたしにもアイシュ教官探すの手伝わせて」

「えー？　みんな行っちゃう系？　ならミシェル寂しいし、付いてくんですけどぉ」

……僕ってここまで信用が無かったのか。

そりゃ確かに、新米だし性格も悪いので尊敬されていないと思っていたが、まさか「お前一人じゃどうにもならん！」と声を揃《そろ》えて訴えられるとは。やんわりショックだ。

こうなると、たとえ彼女たちを力づくでクルーザーに押《お》し留《とど》めたところで、勝手に追ってくる可能性が一番恐ろしい。それならば目の届くところにいてくれた方がマシである。

気は進まないけど、連れて行くか……

と、決心しかけていた時だった。

『――助けてくれ！』

有線無線機に男性の声が響く。船上にいるスタッフだ。

ミナトは反射的に無線機をマイクオンにすると応答を返す。

「こちらミナトです。聞こえてます。何がありました?」

『浸水したっ』

「……は?」

『船底に穴が開いて……このままだと沈没しちまう!』

「ンな馬鹿な。いえ、――すぐ戻ります。後部デッキに救命ボートがありますから、そこに全員を集めてもらえますか。落ち着いて行動して下さい」

『落ち着けるかよ早くしてくれっ、さっきから変な奴《やつ》が――来たッ! 来たァ!』

意味不明な報告を最後に通信は途絶えた。

無音。マイクオフになったらしい。直前、狂人のような声が遠くで響いた気もしたが。

「……なんなんだよ」

ミナトはバックルから無線機を乱暴に外す。重い。邪魔だ。イラついた。アイシュワリンを探さなければいけないのに……暗礁も無い太平洋上で船がどうして沈む。

表情には不満を露《あらわ》にして、ミナトは行動を指示する。

「全員、急いでクルーザーに戻るぞ。浸水したらしい」

万が一、アイシュワリンが戻ってくるといけないので、水中装備であるメッセージボードに伝言を書き込んだあと、訓練生を連れて助けを求める船まで引き返すことにした。

そろそろ馬鹿げてると思う。

——いったい、この海で何が起きている。

◇◆◇◆

およそ四分後、ミナトたちは一五〇〇メートル海底から浮上を終える。

海面から顔を出すと、クルーザーが二〇〇メートル前方に見えた。既に船体は前のめりに傾き始めていた。奇妙なことにデッキには乗組員の姿が見当たらない。

沈み行く船体を見たナツカが青い顔をして叫んだ。

「サオリちゃん！　まだ寝てるはずだよ！」

風邪《かぜ》をひいて休んでいたら今度は船が沈没し始めた。つくづく不運な子だと思う。

それにしても、番組スタッフの男衆は何をしている。なぜデッキに出ていない。船内に留《とど》まったまま沈没したら水使いでも救助に苦労する。

ミナトは舌打ちをしたあと、テリトリーを操作した。推進力を最大にして、高速でクルーザーに接近する。

到着すると梯子《はしご》状の昇降台を掴《つか》んで這《は》い昇り、後部デッキへ。同時に女子の声。

「ミシェルがいっちばーん！」

ミナトよりも一足早く、船上へ辿《たど》りついていた。アイシュワリンと同様に、彼女は移動能力の高い水使いで、特に〃高低差の無視〃を得意としていた。場違いにはしゃいでいる。

でも好都合。クルーザー二階にある訓練生の寝室にも、彼女なら高速で行けるはずだ。

「僕は船内から回るから、ミシェルは屋上から水島《みずしま》サオリの部屋に直行してくれ！」

「おっけーい」

相談後、ミナトは一階の後部デッキに設置された自動で膨らむ救命ボートを海に蹴《け》り落とすと、間髪入れずに半地下構造のサロンに突入する。

想像通り、船内は海水で溢《あふ》れかえっていた。

プールのような状態だ。前部デッキ寄りのキッチンあたりは完全に水没している。かなりの大穴が開いたのだろう。浸水が早すぎる。

気付けばクロエが背後に立っている。

「誰もいないみたいですね」

「たぶん二階だろ。僕は操舵室《そうだしつ》行ってSOS出してくる」

「なら私は、念のため前部デッキを見てきます」

「助かる」

ミナトは水没中のサロンを経由して、操舵室に向かうため階段から二階へと駆け上がる。

廊下に出る。

すると、奥の方でミシェルが立ち尽くしていた。操舵室のずっと手前の廊下中央、ちょうどサオリがいる訓練生用の寝室の前あたりである。棒立ちになって動く気配が無い。

不思議に思いながらミナトは駆け寄って声をかける。

「どうしたんだ?」

するとミシェルが顔を向けた。

まるで苦笑いするように頬《ほお》が引きつっている。

「サオリン、いるにはいるんだけどぉ……」

「いるんだけど?」

要領を得ない物言いにミナトは首をかしげて、とりあえず状況を確認するため開け放たれた寝室の中を覗《のぞ》く。

同時にミシェルは言った。


「なんか、食べられちゃってるって言うかあ」


確かに、噛《か》み砕《くだ》かれていた。ゴリゴリと骨が砕ける音を立てながら。頭部は既に食べ尽くされており現在は右腕が咀嚼《そしゃく》されている。鋭い牙《きば》だった。

あそこに、化け物がいる。

前脚を器用に使い年端のゆかぬ少女を食べ続けている。よく見ると窓ガラスが割れていた。そこから奴《やつ》は侵入したらしい。寝込みのベッドを襲ったのだ。水島《みずしま》サオリはどこまで不運なのだろう。悲しみや恐怖は感じず、ただただミナトは呆然《ぼうぜん》とし続けた。

「……なにあれ？」

ミシェルの素朴な質問に、ミナトは答えることができない。

人間より一回りほど大きい、全身がブヨブヨとした生白いオオサンショウオと言うか、巨大なウーパールーパーと言うか。前脚は異様に発達しているが後脚は退化している。目立つ口に、鮫《さめ》のように乱雑な牙《きば》が生えている。死体になった水島《みずしま》サオリに貪《むさぼ》りついていた。

しかし、食事中にミナトたちの声は耳障りだったのか唐突に彼女を吐き捨てる。

ぐちゃぐちゃに牙の生えた、血塗《ちまみ》れの口をこちらに向けた。

ようやく、ミナトは腰からナイフを抜いた。

「ミシェル、逃げろ」

「……む、無理ぃ。ちょっと腰、抜け」

謎《なぞ》の化け物が太い前脚を屈折させる。バッタやカエルと同じだ。屈強な前脚をバネにして獲物に襲いかかるのである。

ついに奴《やつ》はベッドから飛び立つ。

弾丸じみた跳躍だった。

「――っ」

ミナトは瞬間的に銀鼠色《ぎんねずいろ》のテリトリーを拡張させていた。

正体不明の敵を前に出し惜しみする必要を感じない。

臨戦態勢は『全力』に設定する。

これは、一種の多重人格的能力。あるいは、優秀な〝人工知能〟を脳内で飼い慣らしている感覚に近い。五感のデータ化も本来持つこの能力の付属品に過ぎない。

ここだけの話だが、子どもの頃、辞書片手に考案したネーミングの由来だけは今でも恥ずかしく思っていた──

《ＭＡＩ（ミナト・オート・インテリジェンス）／起動》

ミナトにとって、カレー作りも格闘術もコツは等しい。

正しい手順を踏めば正しい結果が生まれる。

いかに迅速に〝情報処理〟を行い、いかに正確に〝行動〟へ反映させるか。

それを可能にするのはテリトリーによって組み上げられた一つの擬似プログラム。

ＭＡＩの判断力はミナト自身の動体視力さえ凌駕《りょうが》する。

《ＭＡＩ》※反撃可能。※対象の致死目的で反撃へ移行──※ＹＥＳ？

ＹＥＳ。

直後ミナトは襲い掛かってきた化け物の頭部にナイフを突き立てた。さらに手首を捻《ひね》り、身体《からだ》を入れ替えると相手の勢いを利用する形ですくい投げた。化け物は壁に激突し、壁面には亀裂《きれつ》が走る。しかし、頭部を刃物で刺されながらも化け物は死ぬ気配を見せない。床に落ちてから即座に身体を起こすと興奮したように奇声を発した。

再び襲われるのを待つほどミナトも礼儀正しくはない。

その顔面に手加減無く回し蹴《げ》りを叩《たた》きこむと、今度は後頭部にナイフを刺しこんだ。それでも死なない。しぶとい。まずいかもしれない。

《MAI》※対象の攻撃感知。

——危ない。

判断した瞬間、ミナトは後ろに飛んでいた。

奴《やつ》の前脚が伸びて、危うく捕まるところであった。

たぶん力では勝てない。攻撃を受けたら死ぬだろう。勝つには一方的に殺すしかない。

戦う上で、傍《そば》にいるミシェルがちょっと邪魔だった。

悪いと思いながらも彼女の手を掴《つか》むと、乱暴に部屋の隅へ追いやる。

「やんっ」

「そこでじっとしてろ！」

謝罪は後にして、ひとまず戦いに意識を戻す。

化け物は再び前脚を折ると跳躍の態勢。それに気付くとミナトは奴の肘《ひじ》の部分を狙《ねら》って靴の踵《かかと》を叩きつける。身体《からだ》が崩れたところで三度目のナイフを突き立てた。今度は側頭部。

ようやく動きが鈍くなってきた。

——それでもなお、立ち上がろうとしたところ。

菫色《すみれいろ》。

視界の奥に他人のテリトリーが閃《ひらめ》いた。

化け物の身体が一刀両断される。ただの一太刀で、上半身と下半身が離れ離れになった。

さらに一閃《いっせん》。青く走る光が、容赦なく首を斬《き》り落としている。それで、決着した。

胴体と頭部を断たれ、さすがに生命力が尽きたのか化け物はその場に崩れ落ちている。

最後の攻撃はミナトの手によるものではない。

切断系だったので一瞬はクロエかと思ったが。

「ミナトくん、大丈夫っ⁉」

ちょうど階段を昇ってきたナツカが声をあげている。しかし、彼女の能力でもない。

菫色の水使いは、もっと目の前にいた。

「なにこの怪物。倒して正解？」

通路に立つメイファ＝リーが首をかしげる。

いつもの無表情を浮かべる少女は、自分の身の丈ほどの大きな得物《えもの》を構えている。

槍《やり》のように長い柄の先に、鉈《なた》と似た大振りの刃物が付いていていた。

青龍偃月刀《せいりゅうえんげつとう》。

テリトリーを物質化して直接武装化したのだろう。彼女みたいな領界特化型の専売特許だ。

それにしても大した威力である。まさに一撃必殺だった。ミナトのナイフとはわけが違う。

ひとまず、安堵《あんど》したミナトは大きな溜《た》め息《いき》をつく。

「メイファ、助かったよ……」

「お安い御用」

その頃になるとナツカが駆け寄ってきて、当面の心配事を口にしている。

「ミナトくん、サオリちゃんは？　部屋にいないの？」

「……」

彼女たちの立つ位置からは、寝室の中までは見えていない。

当面の危機が去ると、徐々にミナトもつらい気分になってきた。

訓練生が一人、死んだ。

「中は、見ない方がいい」

「え」

遠まわしの言葉は伝わらなかったのか、理解しても信じられなかったのか。

目を丸くしたナツカは口を開こうとして。

「それって、どういう――」

騒音を伴い操舵室《そうだしつ》の扉が破壊された。

咄嗟《とっさ》にミナトは、ナツカを庇《かば》うように立つと状況を視認する。

操舵室から同様の化け物が二匹、飛び出してくるのが見えた。奥には人の手足が独立して転がっていた。番組スタッフの誰かだろう。

謎《なぞ》の生物は前脚で飛ぶだけではなく這《は》いずることもできるらしい。二匹が互いを押しのけるように迫ってくる。五メートル先の出来事だった。

《MAI》※戦況的不利。※交戦回避を推奨。

メイファが青龍偃月刀《せいりゅうえんげつとう》の構えを直す。

しかし、不意打ちできた先ほどと違い、今回は二匹同時な上に空間も狭い。

長物系の武器だと本領を発揮できない。今からテリトリーを組み直す時間も無い。そんな迷いが少女の表情から滲《にじ》み出《で》ていた。ミナトにしても攻撃力の低いナイフ一本では、無力に等しいナツカを守りながら戦い抜く自信は無い。

不利は明白だ。一方で、逃げるのも難しい。

まともに戦うべきではない。

でも一つだけ、最善策があった。

「伏せろっ！」

言うが早いか、ミナトは少女二人の首もとを抱え込んで床に押し倒していた。

戦いを放棄するという選択。

遡ること三秒前の出来事。ミナトは間違いなく、あの子と目が合ったのだ。

だから〝黄金色《こがね》〟のテリトリーに全《すべ》てを賭《か》ける。

廊下の端と端。化け物とは対極の位置でブロンドの髪が煌《きらめ》いた。

とっくに、クロエ＝ナイトレイが階段を上がり廊下に到着していたのだ。

そして、ミナトの顔を見た瞬間、彼女は確かに顎《あご》を動かす。

偉そうに。

シンプルに。


「――どけ」と。


イイイイイイイイイイイイン――強烈な耳鳴りが走った。

ミナトと訓練生二人が積み重なるように倒れたのとほぼ同時だ。

黄金色《こがね》の飛び道具は放たれた。

切断のテリトリー。

実に〇・二秒後にはミナトの直前に迫っていた化け物たちの輪郭を抵抗なく削り取る。

少女のテリトリーがさらに煌く。再び化け物の形が抉《えぐ》れた。二〇メートルもの距離を無視して、少女は虚空内で自由に敵を嬲《なぶ》り殺す。一秒間で七回も切り裂いていた。結果、ミナトたちに辿《たど》り着《つ》くことなく、化け物の上半身はバラバラになって宙を舞う。

――圧力平面の作成。

理論値二〇〇ギガパスカル（地球の自重半分に相当）の圧力を持つテリトリーの刃《やいば》だ。

それこそが秩序独裁型テリトリーの所有者、クロエ＝ナイトレイが誇る拡張能力の本質であり、少女を天才たらしめる最大の武器だった。

計三体の化け物が死に絶える。ようやく船内は静かになった。

そして十五分後、沈没を迎える。

◇◆◇◆

番組スタッフ三名と訓練生の水島《みずしま》サオリ——船上に残っていたメンバーは残念ながら全員の死亡が確認された。

午前九時三〇分。

既にメンバーはクルーザーから離脱して、目印の無い海上を漂っていた。

時々、すすり泣く声が聞こえてくる。

ナツカのものだ。

「サオリちゃん……かわいそうだよ」

歳《とし》が近い日系人同士、個人的に仲が良かったのもあるだろうし、やはり死者が出たことにショックを隠せないようだ。ルームメイトのメイファが、慰めるように肩を抱き続けている。

ミナトも内心での動揺は大きい。

クルーザーと共に沈んだ、あの化け物の正体がわからない。

見たことも聞いたこともない生物だ。

それについては、間延びした声でミシェルも言及していた。

「……結局ぅ、さっきのキモいのってなんだったのぉ？」

クロエが肩をすくめる。

「さあ。あんなデタラメな生き物、UMAとしか言いようがありませんね」

「UMAと言えば」ミナトは口を挟んだ。「都市伝説の〝ヒトガタ〟と似てるかもな」

「ヒトガタぁ？」

首をかしげるミシェルと、納得したように頷《うなず》くクロエ。

「北極のヒトガタ、もしくは南極のニンゲン。語源は旧日本の電子掲示板でしたっけ？海に棲息《せいそく》するとされるUMAの一種ですよ。言われてみれば確かに、前脚しか無い形状はそっくりですね。ただ、ここは北極でも南極でもなく大阪エリアの太平洋ですが」

「まあ、さすがに噂通《うわさどお》りにはいかないだろ。そもそも、ヒトガタのモデルかもわかったもんじゃない。でも、図鑑に載ってない未確認生物がいたのは事実だ。人類が見落としてたとは思えないから、恐らくは最近になってから現れたんじゃないか。突然に」

「だとしたら、ギリギリ理屈が通るところで、ソラリス結晶による異常変異ですか」

「かもな」

むしろ正解のような気がする。

大海害以降、世界各地の海底で発見されるようになった〝生きた鉱物〟ソラリス。

その名の由来は、結晶体であるソラリスが生物の血液に溶ける性質を持っているためだ。

つまり生命体と融合する性質を持っている。テリトリーを持つ水使いにしろ、適正者である人間の血液にソラリスを混入することで初めて誕生する。

人間以外にも、埋蔵海域では魚類などの異常成長が見られるなど、いまだに謎《なぞ》が多い新物質だ。突然変異の化け物が生まれてもおかしくない――とまでは言いきれないが、ソラリスの他に思いつく要素が無かった。

現に、未確認生物は存在したのだから。

いよいよ、行方不明になったアイシュワリンの安否が心配された。


「――あ、」

不意に、メイファが声を漏らしている。

彼女は目と耳が良いらしく、無表情で空の彼方《かなた》を指差した。

「ヘリコプター、接近中」

最初、豆粒ほどの大きさだった飛行物。

その進路は明らかに、ミナトたちが浮かぶ海上を目指している。

そして間もなく、軽快なプロペラ音が耳に聞こえるまでに接近した。

◇◆◇◆

同日、一〇分前。

クルーザーの沈没現場から一〇キロと離れていない大阪エリア海上。

そこに響くプロペラの回転音。穏やかな雨が降る海面に、激しい白波が立った。

銀色の機体を持つ所属不明のヘリコプターが高度を下げる地点には、ダイバースーツに身を包む一人の女性の姿がある。亜麻色の髪から水滴を垂らし、柔和な童顔に物言いたげな笑みを浮かべ、仲間の迎えを見上げていた。間もなく彼女は機内に回収される。

その手にジュラルミンと似た大型の防水ケースを携えて。

「予定時刻よりずいぶん時間がかかったな」

「ですね～」

武装した男性兵士から声をかけられると、搭乗後すぐにタオルで毛髪の水分を落としていた彼女は肩をすくめ、それから悪びれない口調で体験を語る。

「聞いてくださいよー、コマキ危なかったんですよー？　予想してた以上にマダラの行動範囲が広かったと言いますかー、さすがの虎の子コマキでもアイツとまともに交戦するのは分が悪いもので、あやうくミイラ取りがミイラになりかけましたねー。どうにか逃げ出したところで今度は元同僚だった水使いの傭兵《ようへい》さんとも鉢合わせしちゃいますしー、ステラとか、いい人だったので殺しちゃうのすっごい心が痛みましたー。そんなこんな、脱出するのに時間がかかった感じでーす。てへり」

長々とくちゃべり、最後に舌を出す。

一方で兵士は表情を変えずに頷《うなず》いた。

「〝玩具《おもちゃ》〟の回収は？」

「つつがなくー、ご覧あれ」

満面の笑顔を浮かべながら彼女、コマキは海中から引き上げたスーツケース大の防水容器を手渡す。

それを受け取った兵士は簡単に中身を確認した。ケースの内容物は大きさが缶ジュース程度の容量を持つ培養管が五本と、三枚のデータディスク。特に問題が無かったのか、男性兵士はそれらに手をかけることなくケースを閉じている。

それから、機内後部で着替えを始めているコマキへ視線を戻した。

「後始末に心残りは無いか」

既にダイバースーツを捲《まく》り降ろし、半裸の格好でスポーツバッグから下着を漁《あさ》っていた彼女は人知れず頷く。ブラジャーのホックを留める頃には詳細な言葉で回答した。

「指示された内容はオールオッケーでーす。あ、施設内のアンダーは野放しにしてきましたけど？」

「それでいい。研究所に救援が入っても対応を遅らすことができる」

「あとはー、そうですねー。施設近海に民間人がいるようですがー？」

兵士は眉《まゆ》を顰《ひそ》めた。

「民間人？」

「ええ。迎えを待ってる間、たまたまテリトリーで会話を傍受しちゃったんですよー。どうにも連邦アカデミーの前途有望な若者たちみたいですねー。不本意ですが、巻き込んじゃったみたい。救助しときますー？」

小首をかしげるコマキの提案に、しかし男性兵士は無情に首を振った。

「余計なことはするな。ボスが首を長くしている。他に問題が無ければ今すぐ〝マザーグース〟に帰還するぞ」

「ありゃりゃ、残念ですー」

口で言うわりに薄ら笑いで、グレイのレディスーツに着替えを終えたコマキは、帰還を始めたヘリコプターの二列シートに腰を下ろした。

窓からは太平洋の海原が眼下に見える。

間もなく、その視界は海面を漂う数名の少年少女を見つけた。その中には自分と同じ年ごろの青年もいる。

運悪く巻き込まれてしまった被害者たち。

今や凶悪な実験生命が巣食うこの海域で、はたして彼らが無事に陸地に戻ることができるのか、予知能力を持たないコマキには知ることができない。もしも彼女に命令権があれば、彼らを安全地帯まで送り届ける未来もあったかも——ただの気まぐれだ。

最後まで気まぐれに、彼女は笑った。

「人生、何事も経験ですかね」

願わくば、良き経験とならんことを。

届かぬ声に期待をこめる。

なぜならコマキはパニック映画などを観《み》ると、懸命に生き抜こうとする登場人物に愛着を抱いてしまうタチだった。がんばる人間を見るのが、わりと好きである。人間は最後まで悪あがきしてなんぼのもんだと思っていた。

無関係だからこそ、彼らを軽く応援してあげた。

結果は知らない。そこまでは興味が無い。

所属不明のヘリコプターは、そのままアジア大陸オリエント連邦に進路を取り、大阪エリア海上を飛び去っていく。

Episode．4　ディーパーディーパー

「……行ったか」

通り過ぎたヘリコプターを見送って、ミナトは暗澹《あんたん》とした声を漏らした。

実は訓練生を回収してほしかったのだが、目論見《もくろみ》は失敗に終わる。

遭難者が十名くらいでも収容できそうなほど大型の機体だったが、特にリアクションも見せず飛び去ってしまった。

漂流者が見えなかったのだろうか。

そんな馬鹿な、とミナトは思う。

ヘリコプターの飛行高度はそれほど高くなかったし、進路を考えて、操縦者からはミナトたちが絶対に目に入ったはずだ。意図的に置き去りにされたとしか思えない。しかし、それが何故《なぜ》かまでは確信が持てない。彼らも化け物の存在を確認しており、自分たちの安全を第一に考えたのかもしれないし、もしかすると、ミナトたちを救助すると都合の悪い事情を彼らは抱えていたのかもしれない。

いずれ、ここで推論を進めても無駄なことだ。見捨てられたことには変わり無い。

「……アイシュ教官、探《は》さなきゃね」

星野《ほしの》ナツカが目を腫らして呟《つぶや》いた。桜色のテリトリーが不安定に揺らめいている。

純真な性格をした幼馴染《おさななじみ》は自分の行く末よりも他人の心配を口にしていた。

「きっと、怖い思いしてるよ。早く見つけて、一緒に帰ろう」

結局、それが生存者の総意となった。

ミナトも、アイシュワリンを見捨てたくはない。

一方で、訓練生の安全を考えると彼女たちだけでも先に人工島へ帰したいという迷いは確かにあった。

しかし、彼女たちがそれを良しとしないのはわかりきっている。「帰れ」「帰らない」で延々と揉《も》めるよりも、一致団結して行動した方が却《かえ》って安全だと思う。

だから、彼女たちの意思を尊重し、全員で海底施設に戻ることにした。

◇◆◇◆

海底に戻る。

水路の入り口にはアイシュワリンが施設内部まで持ち込んだ赤いロープと、彼女のために残した海中用のメッセージボードがそのままで残されていた。

いよいよ突入する。

トンネルの造り自体は狭い。人間二人がギリギリ並んで進める程度だ。

しかし、無理することもないので一人ずつ一列で進むことにした。配列はミナトを先頭に、ミシェル、ナツカ、メイファ、そしてクロエを最後にする形。一応、化け物と遭遇する可能性を考えた上での順番である。

「あのねえ、ミナト教官？」

アイシュワリンの赤いロープは全長五〇〇メートル。その半分ほど、二つ目の曲がり角を右に進んだ時のことだ。

配置上、必然的にミナトの背後を泳ぐミシェルが気さくに話しかけてくる。感心するもので、こんな状況でも朗らかなペースは一向に崩れず、いつもの間延びした声だった。

「どうかしたか？」

「この水路ってぇ、本当に中までつながってるのぉ？」

単なる疑問だった。

「確実じゃないけど、可能性はある」

「でもね、ミシェル的に考えたんだけど、水圧の関係ってあるじゃなぁい？　直通は無理だと思うの。施設に水が浸入しちゃうじゃーん。そこんとこ、どうしてるのぉ？」

「この施設がセオリー通りなら、奥に多層弁って設備があるはずなんだけど」

「なにそれ」

好奇心を感じる声だった。いかにもオシャレ好きという雰囲気の女の子だが、意外と理系じみた話題にも興味があるのかもしれない。

「ゲートで水路をいくつかの水槽に分けて、定期的に排水と給水を繰り返す感じの……実際に見た方が早いかもしれないいな」

ほどなくしてメンバーは壁にぶつかって進行を止めた。

スチールと似た鉄製の壁。

多層弁の一つ目のゲート。赤いロープはどうやら、ここで二本に断ち切れたようだ。

後ろからはナツカが見たまんまを口にしていた。

「あれ、行き止まり？」

「少し待てば開くよ、たぶん。――あ、そうだ。ゲートが開く時は次の水槽に水が流れる関係で吸い込みが強いから、みんなテリトリーで位置固定した方がいい。少し離れとこう」

しばらくすると、軋《きし》んだ音が水路内に響いた。

ミナトが予想していた通り、第一ゲートが持ち上がる。厚さ五メートルもの鋼鉄の扉だ。これを持ち上げるための超強力モーターと電気量、二一四五年現在でも海底施設が不経済的で非現実的と言われるゆえんでもある。

ゲートが開くのと同時に、深海一五〇〇メートルの水圧に押された海水が勢い良く、空である次の水槽へ流れ込んだ。もしも水使いのテリトリーに水中制御能力が無ければ、簡単に引きずりこまれズタボロになっているところだろう。深い海中での水の重さとは途方も無い。

やがて最初の水槽が海水で満ちると激しかった奔流も静まりを見せた。

「行くぞ。早くしないと、ゲートが閉まる」

ミナトたちが水槽内に侵入すると、最初のゲートがゆっくりと下降を始めた。

先ほどまでの狭かった水路は一転して幅が増し天井も高くなり、全体的な広がりを見せた。測定が得意なミナトの目で見て、その貯水量は五千トン。例えれば二十五メートルのプール十個分の空間である。

それから少し待つと、今度もまた第二のゲートが開き始め、ミナトたちがいる第一水槽の次の区画へと水を移し始めた。

なお、第二水槽は滑り台のように傾斜していた。ここからは重力を使って水を下に落とすのである。

「お、落ちるよぉーっ！」

前もって赤いロープを掴《つか》んでおけと言っていたはずなのに。

どうにも運動音痴のきらいがあるナツカが見事に落下し始めた。こういうの、芸人が出るバラエティ番組の企画にありそうだよな、とミナトは呑気《のんき》に思い浮かべながら、急激に滑り落ちる幼馴染《おさななじみ》が横に来た瞬間にその腕を掴んで止めた。

ずし、とした。

不可抗力とは言え体重を支えられた彼女が苦笑いを浮かべる。

「……あ、ありがと、ミナトくん。あのね、そのね……」

「大丈夫。この間より軽くなってるから」

火がついたように顔が赤くなっていた。失敗だったか。

◇◆◇◆

施設内部へ到達した。

あれから五つの水門を通り、ようやくだ。

アイシュワリンが残した赤いロープも先の水門で切れていた。ここから先は地道に歩いて、彼女の行く末を探すしかない。


鉄製の簡易階段を昇り、設備室から通路に出た。

最初に目に飛び込んできたのは、嘘《うそ》くさいほどの純白。

まるでB級SF映画に登場する宇宙船内部のような。どこか外連味《けれんみ》が漂う広い廊下である。天井や壁、床までも潔癖な白色に統一され、そこに強い照明が反射して目が痛いとさえ感じる。しかし、好都合と言えば好都合。余計な色彩が無い分、仮に化け物が潜んでいたとしても姿が目立つだろう。

廊下ではいくつかのドアを見つけたが、いずれもカードリーダーが設置され、固く施錠されていた。ノックをして呼びかけても反応は無い。

仕方ないので奥へ奥へと進む。

「結局、ここって何系の建物なのぉ？」

つまり、何の目的を持って置かれた施設なのか。ミシェルが口にした疑問に自信を持って答えられる者は当然いなかった。

ただ、何人かは暗黙のうちに共通の想像を巡らせていたはずだ。

それをはっきりと口にしたのはメイファである。

「モンスターを造る工場、などと予想」

少し間を置いて、ミナトも頷《うなず》いた。

「出来の悪い話だけど、それが一番辻褄《つじつま》が合いそうだから困る」

唐突な未確認生物の跋扈《ばっこ》。

それと同じ海域に存在する、目的不明の海底施設。

この二つは関連していると考えた方が自然だと思った。

それでも、ミシェルの声はどこか納得していないようだった。

「えー？　でも、あんな、かわいくないの作って誰が得するわけぇ？」

「戦争を望む貧乏な国」と答えたのもメイファ。「要は生物兵器。ありがちな話」

生物兵器の開発は当然のごとく違法だが、実現すれば莫大《ばくだい》な金を生み得る。

だからこそ、非経済的な海底施設ではお誂《あつら》え向《む》きの研究だと思った。世間の目から隠れて事を進めるのに深海はちょうど良い空間だからだ。

ミナトたちは運悪く巻き込まれてしまったのかもしれない。

「──シ。喋《しゃべ》るな、危険」

L字路に差し掛かった。

右か左か、どちら進むべきか定まらず誰からともなく立ち止まった時だ。

いきなりメイファが口に指を当て、全員に沈黙を促した。ミナトは開きかけていた口を紡ぎ、咄嗟《とっさ》に周囲を見渡す。そこには、あの、印象が薄い白い廊下があるだけだった。彼女が何を察知したのかわからない。

メイファは声を低くして、自ら感知した異常を告げる。

「物音」

そう言うが、耳を澄ませても何も聞こえない。

「リズムが……たぶん足音。でも靴じゃない。ぺちゃ、ぺちゃって。湿った音」

じわじわと、胃を握られるような感覚をミナトは味わった。

依然として廊下には何者も存在しない。それでもメイファは足音が聞こえると言う。

どこに？

何が？

実体が掴《つか》めない事象ほど怖いものはない。メイファが聞いた音の正体を確認するまで、この胸のざわつきは治まらないだろう。

「………………」

誰もが、声も交わさず自然と寄り添った。

その直後、ようやくミナトもそれを耳にする。
――ぴちゃ、ぺちゃ。
水が滴るような、そういう類《たぐい》の音。
ぺちゃり、ぺちゃり。不審な物音はそれからも廊下に響く。
現在いるL字路の左へ曲がった方角らしい。
ぺちゃり、ぺちゃり。徐々に大きく、鮮明になり――ぺちゃり、ぺちゃ、ぺちゃぺちゃ
ぺちゃ、ちゃ、ちゃちゃちゃっちゃっちゃ！　――間隔が狭くなる。
まるで足音の主が走り出したように。
ここでようやくミナトは『異常性』に気が付いた。
音が視覚と一致していない。
「……まさか」
奴《やつ》はとっくに見えてなければならないのだ。
「みんな、下がれっ！」
――目に見えない敵。
そう判断した瞬間にミナトはナイフを引き抜きながらＭＡＩを発動する。
《ＭＡＩ》※不可視の移動物を確認。※対応は困難。※逃亡を推奨。
《ＭＡＩ》※歩行音をもとに仮想オブジェクトを作成。※過信は推奨しない。
ソナーが音波を利用するように、物音とは有効な索敵手段だ。

通路に反響する足音から、おおよその位置を割り出したMAIが、ミナトにしか見えないグラフィックスを視界に映し出した。

それはレトロな3Dゲームに出てきそうな、デルタ八面体のオブジェクト。

敵がいると思われるおおよその位置だ。

——ほぼ目と鼻の先だった。

「どぉぉお!?」

心臓を口から吐き出しそうなほど驚いたミナトだったが、MAIに促されるがまま身体《からだ》を捻《ひね》るとデルタ八面体との衝突を避ける。

さらには回避動作と同時進行でナイフを突き出した。ここまで来ると既にミナトは意思はほとんど介在しておらず、MAIによる全自動のカウンターに近い。相手の頭部がどこにあるかもわかったものではない。とにかく仮想オブジェクトの中央を狙《ねら》う形で腕を伸ばした。

手応《てごた》えが伝わる。

途端に異質な絶叫がミナトの鼓膜を襲った。獣じみた、しかしこの世のどの動物とも類似性が無い声。

それと衝撃。

「——だっ!?」

おおよその位置はわかっても、その具体的な動きまでは把握できない。敵が暴れた時に身体《からだ》の一部でも触れてしまったのか、側頭部をすごい力で叩《たた》かれてミナトの意識は明滅する。気付いた後にはナイフも手放し、床を転げまわっていた。首が折れなかっただけ僥倖《ぎようこう》なのかもしれない。

ただし、状況は継続。

すぐ耳元で、ぺちゃり、と。

無機質なデルタ八面体がミナトの視界に覆いかぶさってきた。

《MAI》※対象の急接近を予測。※回避を優先。※回避困難。※衝撃に注意。

「く……」

足が動かなかった。脳にダメージが残っており、しばらくはまともに動けそうにない。

そこに疾風が薙《な》いだ。

血が飛散する。

その血はミナトのものではなかった。目の前にいた『見えない何か』の体液だったらしい。血を水で薄めたような、淡いピンク色の血液だった。

旋回する青龍偃月刀《せいりゆうえんげつとう》。それを収めたメイファが自信無さそうに首を傾けている。

「………………OK?」

「OK、たぶんだけど。今ので死んだと思いたい」

間違いなく決着だった。現れた見えない敵はメイファの一太刀によって絶命する。

その証拠に、今の床には白い肉塊のようなものが二つ、やがては肉眼でも確認できるほど輪郭が浮かび上がってきたのだ。

海の中で見たものとは違う、完全な新種。

全体的には甲殻類の特徴が強く、ロブスターを無理やりヒトガタに当てはめたような姿だった。死後数秒で、そいつは白色から苔《こけ》色に変色した。それがもともとの体色なのか。

ミナトは息をつく。

「……助かったよ、メイファ。すごいな。勘で斬《き》ったのか？」

「教官のナイフ。見えた。だから、そこかなって」

「なるほど」

直前に刺したミナトのナイフが化け物の身体に残り、目印の役割を果たしたらしい。

出会い頭に倒せて良かったと思う。

他の訓練生たちの様子を確かめると、みな一様に何が起きたの理解できないようで、きょとんとした表情を浮かべていた。やがてクロエが口を開く。

「……モンスターが、いたんですか？　二人とも、よく対応できましたね」

メイファが胸を張る。

「足音大きい。せっかくの透明化が無意味。プレデター見習えと」

「水差して悪いけど、僕はもう一度同じことやれって言われても自信無いぞ」

こんな奴《やつ》が二匹も三匹も出てきたら面倒極まり無い。

想像していた以上に危険なところだ。今すぐ施設から離脱した方が良いのでは。それが英断なのは心の隅でわかっている。

「ミナトくん」

ナツカが傍《そば》に寄ってくる。

心配そうにして幼馴染《おさななじみ》を見上げた。

「赤くなってるよ、痛くない？」

先ほど化け物と接触した頬骨《ほおぼね》のあたりだ。痛いと言うか、感覚が無い。明日には鞭打《むちう》ちになっているかもしれない。

でも当然、平気なフリをする。

「ちょっとだけな。かすっただけだよ」

アイシュワリンを見つけたら皮肉をこめて言ってやりたい。

おかげさまで顔が腫《は》れましたよ、と。


透明化する化け物の存在は一つの事実をミナトに示唆した。

今の化け物は移動時、輪郭の陰影すら肉眼視できなかったのだ。それほどの保護色能力は自然界に存在しない。

いや、それどころか人間の科学力でも『完全な光学迷彩』は今なお実現できていないのだ。

つまり非科学的。物理的な矛盾。

しかし、一見物理的には実現困難なことでも、それを可能にしてしまう要素が現代社会にはある。

やはり、ソラリスだ。

人の世の理《ことわり》から逸脱した新時代の力。

現に、世の中には透明化と似た能力を持つ水使いもいる。

そのことからミナトは、これまで現れた化け物について『一種の水使いなのではないか？』と考え始めていた。だとすれば、奴《やつ》らが実験生物だというお題目にも説得力が増す。

ソラリスの異能はいくらでも悪用できる技術だが、量産が難しい希少な存在であるために、物量がものを言う戦争では大した脅威になりえない、それが現状。いくらクロエが万物を切り裂く能力を持っていても、百人の訓練兵士を相手取ればさすがに分が悪いだろう。彼らは全員が同じく量産された遠距離ライフルや迫撃砲を使用することが可能なのだ。そして百人に留《とど》まらず、千人、万人と溢《あふ》れかえる。量産性は兵器に求められる課題の一つだ。

しかし、一方で、水使いになるための適正率は非常に低い。〇．一パーセント以下だ。この数値を覆すために必要な人間の被験者数と、それに伴う費用は途方も無い。

——ならば。

ソラリスに適合する生命を一から作ってしまえば早いのでは？

◇◆◇◆

そいつは野良犬のように死体を咥《くわ》え、感情の無い瞳《ひとみ》で虚空を眺めている。

咄嗟《とっさ》に身を隠すミナトの隣、息を吞《の》む気配がした。ナツカが口に手を当てている。化け物の登場に驚いたのか、それとも奴《やつ》が牙《きば》に収める人間の成れの果てが、ひどく凄惨《せいさん》に形を崩していたからだろう。ミナトには白衣を着た男性のように見えたが、しかし正直、あそこまで削れていると確証が持てない。人間と言うより、その一部と言った方がいいかもしれない。

廊下を歩いた先で見つけた大きなスペース。

データルームか、それに近い場所だろう。四方を硝子板《ガラスばん》で囲み、外からでも内部を確認できる。デスクトップパソコンやモニターなど、多くの機材が置かれていた空間。

そこには三匹の化け物と、その倍はある人間の死体。

見ているだけで血の匂《にお》いがしそうな、惨劇の跡地だった。

硝子の間にいるうち化け物は、海上で襲ってきた生白いヒトガタタイプ。発達した前脚を使い、室内をアテもなく徘徊《はいかい》している。

ルートを変えようにも、ここまで一本道だった。奥へ進むためには、いずれにしてもあの硝子の間の傍《そば》を通る必要がある。

どうするのが最善か。

ミナトが逡巡《しゅんじゅん》しているわずかな合間に動き出した少女がいた。

クロエだ。

黄金《こがね》色のテリトリーが渦を巻く。

「時間の無駄ですよ。いちいち立ち止まる必要なんてありますか？」

「いや待っ」

遅かった。

彼女の攻撃は恐ろしく速い。

宝石状に舞い上がるテリトリーが線を結ぶと三角形や四角形の平面を幾つも描き出す。

その二次元的な限定空間内に天体級の高圧を発生させると高速で撃ち出していた。

硝子越しに化け物たちの輪郭を削り取る。厚さ〇・一ミリ以下に圧縮された大質量のテリトリーは、無音かつ無抵抗に物質を通過した。

クルーザーでの戦いと同様、ひどく一方的に相手の生命を蹂躙《じゅうりん》していく。

優れた水使いが兵器に例えられるのも納得だ。

中でもクロエの能力は破壊目的で使用すれば絶対的である。ゾンビでも怪獣でも一網打尽にできるだろう。

しかし、自信があるゆえの独断専行は悪癖だと思う。

「ほら、余裕です」

全《すべ》ての化け物を完全に駆除したあと、得意気に振り返った顔は可愛《かわい》いと思う。

それに一拍置いて、彼女のテリトリーで切り抜かれて、すっかり脆《もろ》くなった硝子が自重に耐えれず一斉に崩れ落ちていた。盛大な音を立てながら。

だから待てと言いたかったのだ。

「にゃうっ」

時間差だったので当の本人も驚いて肩を縮めていた。

「……も、脆《もろ》っちい硝子《ガラス》ですね。防散加工くらいしとけと」

「あまり先走るなよ。派手な音立てると寄ってくるかもしれないぞ？」

「その時は責任持って倒しますよ。ほら、早いとこアイシュワリン教官を探しましょう。

こんな血生臭いとこ一秒だっていたくないので」

自ら切り拓《ひら》いた道を誇るように少女は手を掲げている。

どんな時だって彼女は前向きだった。


硝子の間に進むと、かつて人間だったものが部屋中に落ちていた。

「……うっわ、きっつぅ」

強烈な光景と匂《にお》いにミシェルが口を押さえている。床で散乱するファイルと共に頭蓋《ずがい》が割れて脳漿《のうしょう》が零《こぼ》れている遺体もあれば上半身がまるまる挽肉《ひきにく》状になっている遺体が業務デスクの上に乗っかっている。しかし、それらに痛ましい表情を浮かべながらも直視しているだけ、ミシェルとクロエは気丈だと思う。男のミナトでもこの惨状には気が遠くなる心地だ。

ナツカの表情からは血の気が完全に引いており、ずっと足元を見ながら歩いていた。躓《つまず》いたらいけないのでミナトは彼女の手を引いて先導する。ナツカを包むテリトリーがかなり不安定になっているのが気になった。異常なほど乱れている。

今朝からの精神的な負荷が表面化しているのかもしれない。

「気分、大丈夫か？」

「……うん。ちゃんと歩くよ。大丈夫だから、進も？」

目線を上げると笑顔を浮かべた。ぎこちない。無理しているのが丸わかりだから困る。

部屋の入り口から出口、わずか一〇メートルなのに十倍の距離にも感じられた。

そして七メートル歩いたところで、ミナトは腰からナイフを抜いた。

「全員ストップ」

かすかに、机の死角から硝子を踏むような音がした。

それはミナト以上に聴覚が鋭いメイファにも聴こえたらしく、ほぼ同時にテリトリーから青龍偃月刀《せいりゅうえんげつとう》を形状化すると深い構えを取った。

「右。プラモ置いた机の奥。何か、いる」

一瞬遅れて、クロエがテリトリーを拡張する。

幸い、今回は攻撃前に確認してくれた。

「障害物ごと撃ち抜きますか？　でも、生存者だったら……」

「僕が確認する」

「危険ですよ……だったら私が」

「死角が多いところなら僕が得意だよ。大丈夫、お前はここで皆を守ってくれ」

強がりで言ったのではなく事実だ。

例えばクロエの場合は〝攻撃対象の確認〟〝攻撃準備〟〝攻撃発動〟という思考プロセスを挟むのに対し、ミナトの能力であるＭＡＩはそれらを〝一括で処理〟するものだ。

そのため不意打ちを受けた時の緊急回避やカウンターなどの分野には滅法強い。

ただ、ミナト自身も理解していた。

この能力は我が身を守ることに優れているが、他人を守る場合はその限りではないと。

だからこそ、危険な役割は率先しなければならない。


訓練生たちをその場に残し、ミナトは聴こえた物音の正体を偵察する。

デスクが密集するスペースを慎重に進み、間もなく疑惑の物陰を覗《のぞ》き込《こ》んだ。

《ＭＡＩ》※既知敵対生物を確認。※当該生物の攻撃を予測。

奴《やつ》と目が合う。

やはりだった。歪《いびつ》な口を開けた化け物が床に伏せてミナトを見上げていたかと思うと、直後には涎《よだれ》を吹きながら飛び掛ってきた。明らかな待ち伏せである——まさか、物音を餌《えさ》にした？　考えすぎかもしれないが、事実ならばなかなか狡猾《こうかつ》だ。

しかし、九割がた予想していたことなので、ミナトの動揺は少ない。

状況的にナイフは使わないことにする。効果が少ない。ミナトの現在の装備では相手にダメージを与えることは難しい。無駄に長期戦をするつもりはなかった。

こいつらを仕留《しと》めるのはクロエの拡張能力を使うのが最も確実な方法だ。

つまり、ミナトに求められるのは〝お膳立《ぜんだ》て〟である。

いかに少女が攻撃しやすい状況を作り出せるか、それに専念すべきだと決めていた。

化け物の牙《きば》は目の前に。

ミナトは最低限の距離だけ、身体《からだ》を横にずらして奴の頭部を回避する。――同時に、化け物の首に自らの腕を回して脇《わき》に抱えると、前回と同様に合気道の要領で投げ飛ばした。

プロレスで使われるブレーンバスターに近い。デスクの上に背中から叩《たた》きつけた。

あとはクロエが、テリトリーで机ごと奴を撃ち抜けば。

――そう思ったが、しかし、誤算は生まれる。

それに気付いた時、ミナトは咄嗟《とっさ》に叫んでいた。

「お前ら後ろだ！」

ミナトが戦う一帯とは逆側。

こちらを見守る訓練生の背後から、さらに二体の化け物が物陰から姿を現す光景。

陽動だ。

一体を囮《おとり》にして別の個体が不意を狙《ねら》う。ライオンのような狩りの仕方である。

ミナトが注意を促した直後、伏兵の一匹が少女たちを強襲する。クロエもミシェルも気付くのに遅れ、忍び寄る敵を確認する時間は無かった。

しかし、それに気付いた訓練生が一人。

五感の鋭いメイファ＝リーはミナトの警告より早くから背後を振り返り、自前の青龍偃《せいりゅうえん》月刀《げっとう》を上段に構え――

渾身《こんしん》の勢いで真上から斬《き》り伏せた。

異形の頭部は二つに裂けて地に落ちる。刀剣状のテリトリーがフロアの深くまで抉《えぐ》りこんだ。脳天の割れた化け物は両腕をバタバタと痙攣《けいれん》させた。ここまでが一瞬の出来事である。

クロエたちが背後の異常に気付いたのはその直後だった。

まだ一匹が残っている。

「――くそっ」

クロエの動揺は明確だった。

ミナトの相手とメイファの相手、前後を化け物に挟まれた状態。どちらを先に倒すべきか少女は迷ったらしく、攻撃の遅れに繋《つな》がっていた。

《ＭＡＩ》※敵対象Ａの行動復帰を確認。

同じく交戦中のミナトは舌打ちを漏らしながら急遽《きゅうきょ》、使う予定がなかったナイフを逆手に持ちかえた。

デスク上の化け物は投げ技から起き上がると、熊《くま》並みに太く、人並みに発達した腕で目の前にいる獲物を捕らえようとしてくる。それを床に立つミナトは身を屈《かが》めて避《よ》けると、喉元《のどもと》を抉るようにナイフを刺しこんだ。しかし、焼け石に水……この生命力が何より怖いと思う。

それよりも、心配なのは訓練生たちだ。

――三秒後。ようやくクロエが黄金色《こがねいろ》のテリトリーを最大拡張している。

少女は悩んだ末、ミナトが相手をする化け物に狙《ねら》いを定め高圧平面を作成するが――しかし、ミナトと化け物が近距離にいたせいか再び攻撃を躊躇《ためら》う。さらに一秒後、ミナトは化け物の頭部からナイフを引き抜いて大きくバックステップする。ここでクロエが討伐射撃に至る。化け物がいた机ごと徹底的に破壊した。以上、五秒を必要とした。

その時間ずっと、メイファは背後の敵への集中を強いられたわけで……

勝敗そのものは武術に長《た》けた中国少女に軍配が上がる。

二匹目が動くより前に、彼女は自ら打って出る形で青龍偃月刀を旋回させ、敵の前脚を破壊。体勢が崩れたところを下から斬りあげて容赦なく頭部を跳ね飛ばす。

クロエとメイファとミナトは、それぞれ同じタイミングで行動した。

つまり、この時間が三人の〝空白〟と化した。

「――上ぇ！」

絶叫に近いミシェルの声が響く。

硝子《ガラス》の間の天蓋《てんがい》。

それは思いのほか高く、この瞬間、最たる死角と化していた。この時まで誰も知らなかったが、化け物の前脚には強力な吸盤があるらしく、たとえ壁や天井でも高速で這《は》い回《まわ》ることができた。

まるで三度目の正直と言わんばかりの奇襲作戦。ここまで来ると知性すら感じる。ミナトたちは先手先手を打たれ、完全に隙《すき》を突かれてしまったのだ。

天井に巣食う四匹目の化け物は、人間の頭なら軽く丸呑《まるの》みにできる口を裂いて眼下、五メートルほど下にいる訓練生に狙《ねら》いを定めると落下した。

その標的は――クロエ。

彼女はちょうど最初の攻撃を終えたところだった。

この頃になってミシェルが警告を発したが、しかし到底、間に合うタイミングでは無い。

直後にクロエは二メートルの巨体に押し潰《つぶ》されて華奢《きやしや》な頭蓋《ずがい》を噛《か》み砕《くだ》かれる――それが必然に近い状況だった。

この状況から免れることができたのは、化け物の身体《からだ》が空中で停止したからである。

「え、」

正確には停止ではなく〝落下の遅延〟だ。

時間操作にも見える光景だが、実際は運動エネルギーの吸収。例えば、硬いゼリーの上にビー玉を落とせば落下は停止するか遅くなる。それと同じ原理だ。

化け物は高質量のテリトリーに飛び込んだのだ。

星野《ほしの》ナツカが精一杯で生み出した〝桜色のテリトリー〟によって。

「上だよ、クロエちゃん！」

クロエと特訓していた時はあれほど苦手としていたのに。

努力が実を結び、友人の命を救った瞬間だった。

「おおちょッ！」

頭上からゆっくりと落下する化け物に気付いたクロエは目を白黒させたのち、慌てて高圧平面を生み出して、ナツカのテリトリーもろとも最後の一匹を完膚なきまでに破壊する。

二〇秒間の戦闘がえらく長く感じられた。

◇◆◇◆

硝子の間を抜けると、すぐに中心がロビーのように広がるT字路のようになっていた。

一種の休憩スペースらしい。

壁際にはソファが設置され、観葉植物や灰皿なども置かれている。通路としては、このまま直進することもできるし、また左手に曲がると短い廊下を挟んで会議室のような空間が見えた。目下、敵の気配はしない。

そして、周囲の安全を完全に確かめると、誰からともなくその場に崩れ落ちた。

……心臓に悪すぎた。

「今のって激ヤバだったよねぇ。見ててミシェルどきどきしたかもぉ」

一人だけ立っていたミシェルが胸を押さえて言っている。

しかし彼女の言うとおり、このメンバーのうち一人でも欠けていたら確実に死人が出ていたと思う。

特にクロエ。その表情は珍しく消沈していた。

「……星野《ほしの》さんがいなかったら、私、」

震える唇で呟《つぶや》いている。

化け物は恐れるに足らないという、これまでの自信に揺らぎが見えた。

少しの油断や不運。

それらが死に直結する状況だと悟ったらしい。

戦々恐々とする後輩を見て、ナツカが笑顔を浮かべる。やはり、ぎこちなく。

「怖かったね。クロエちゃんが無事で良かったよ」

クロエもまた、ぎこちなく笑い返した。

「……助かりました。星野さんって、実は本番に強いタイプみたいですね」

「そう、かな?」

「あれだけ質量の濃いテリトリー、訓練中には見たことなかったので。何にしても、貸しができちゃいましたね。近いうちに返します」

「そんなの気にしなくていいよ」

「いえ、そういうわけにも」

「水臭いこと言っちゃうと余計に悲しいよ？　あたしはね、勝手にクロエちゃんのことを親友だって思ってるから」

「親友ですか？」

「うん。だからね、お返しなんてなくたってあたしはクロエちゃんの味方したいの。これからも仲良くしてくれたら、それで満足だから。あたしたち、親友じゃ駄目かな？」

「ふは」

明らかに照れていた。

瞬間湯沸かし器よろしく真っ赤な顔でにやけて、そのくせに悪あがきに近いことを言う。

「——ま、考えておきます」


考えた末、決心すると訓練生たちに伝えた。

「アイシュ教官の捜索を中止しようと思う」

その発言に、訓練生たちは誰もが驚いて教官に目を向ける。

特に彼女の教え子であるメイファの表情が少し揺らぐ。

「もう？」

「酷なのはわかってる。でも、これ以上進むのは危険だ。さっきにしたって運が良くてみんな無事に済んだけど、下手《へた》すれば犠牲者が出たっておかしくなかった」

こればかりはミナトが一人で判断して決定するべきだった。絶対に。

仲間を見捨てる選択なんて、彼女たちにさせるわけにはいかない。

実際、この子たちは能力があるし勇敢だ。

人食いの化け物を相手にしても協力して戦い抜いた。

だからこそ、万が一があってはいけないのだ。彼女たちは必ず全員揃《そろ》ってアカデミーに戻らなきゃいけない。

あの化け物たちは未知だ。透明化の能力を持つ個体も存在し、連携と思える行動でミナトたちを脅かした。この先、何が起こるか予測が付かない。

そして何かあった後では遅いのである。

慕っていた先輩を亡き者にして。

たとえ臆病者《おくびょうもの》のレッテルを貼《は》られようと。

彼女たちを守ることが最優先だとミナトは考えていた。

「アカデミーに帰還する。これは命令だ。逆らうなら、力ずくでも連れて帰るぞ」

今までになく強い語気で伝えると訓練生は一様に暗い表情で沈黙する。

彼女たちの胸中には薄情な決定に対する怒りや失望が広がっているかもしれない。

それでもいいと思う。

たとえ一生涯、軽蔑《けいべつ》されようとも後悔はしないだろう。

ただ一つ、後悔があるとすれば——

——この決断自体、遅すぎたことだ。


視界の端を影が横切る。

「ッ」

危ない、とか、逃げろ、とか、言葉は一切出なかった。

ミナトが反射的に身構えた頃には、奴《やつ》はすぐそこまで迫っていたから。

無機質で、白い。まるでマネキンのような顔で。

急浮上する緊張に音が消失する。

これまでになく速い存在だったが、幸いにもミナトのＭＡＩが起動直後に下した判断は『反撃可能』であり、自動的、機械的に、ミナトは傍《そば》にいたナツカを庇《かば》うようにナイフを構えると肉薄する能面のような顔を狙《ねら》い突きを繰り出す。

《ＭＡＩの判断》※敵性生物、施設天井部へ移動。

——外した。

舌打ちを挟み、ようやくミナトが声を発する。

「上だっ！」

「うわ、なにあれぇ」

相手の異様な外見に、ミシェルが不快そうに眉《まゆ》を顰《ひそ》める。

奴《やつ》は逆さまに這《は》いつくばるように、天井からミナトたちを見下ろしていた。

いや、正確には眼球が無い。

これまでの前脚だけの〝ヒトガタ似〟の化け物とは異なり、そいつには四肢が存在し、より人間に近いフォルムであり、全身は蝋《ろう》のように白く、よって第一印象は真っ白なマネキンを彷彿《ほうふつ》とさせた。

しかし改めてみると、痩《や》せ細った水死体と言った方が近いかもしれない。

目も鼻も無い代わりに、よく目立つ口を大きく裂くと、そこから大量の唾液《だえき》と共に長い舌が零《こぼ》れ落《お》ちている。

菫色《すみれいろ》と黄金色《こがね》。メイファとクロエが同時にテリトリーを最大限、拡張させる。

「グロ。キモ。死刑」

「とりあえずブッ潰《つぶ》しますね」

幸い敵は一体のみ。

少女たちの誰かに遅いかかってくるならミナト一人でも庇《かば》いきることができる。

しかし、その水死体野郎は動く気配が無い。

ただし、これまでの化け物とはまったく異なる変化を見せた。

――まだら模様。

目覚しい変色だった。生白い全身に、赤い稲妻のごとく鮮明な斑紋《はんもん》が浮かび上がった。

それだけと言えば、それだけだ。一部のイカなどは、敵対時に警戒色を纏《まと》う種族もいるし、特に驚くべきことではない。

無意味なのか、意味があるのか。

「気をつけろよ！　何やってくるか」

「ここから撃ち抜けばいいだけの話です！」

中距離攻撃に秀でたクロエが速攻する。

前回の戦闘が頭に残っているのか、その顔は緊張しており油断や隙《すき》は見当たらなかった。

瞬間的に作成した切断平面の一つを投射する。

建物への損壊を考慮したらしく小さめの三角形だったが、それでもあのサイズの化け物を断ち切るには充分な一撃。さらには、別角度から一撃。さらに一撃。敵の退路を絶つように包囲網を作り上げる。

そう、あの化け物は初撃で、確実に仕留《しと》めるべきだった。

さもなくば――。

「――え？」

クロエのテリトリーは直前で蒸発した。

彼女だけではない。

メイファの青龍偃月刀《せいりゅうえんげつとう》も全《すべ》て、空気中に溶けるように散り果てる。

それを見たミナトはようやく敵の正体を理解した。

知っている――

「え、え？　なぜ。ストップ、理解不能」

「なんで、テリトリーが」

「……逃げろ」

——存在する。

水使いのまだ浅い歴史上にもかつて、確かに同じ芸当をする能力者が存在した。

秩序独裁型に属する侵食系能力——テリトリーウイルス。

もしも同じものだとしたら、これが発動している限り、外界に展開するタイプのテリトリーは例外なく効果を失う。

つまりはテリトリーを殺すテリトリー。水使いにとっては最悪に近い能力だった。

マダラの化け物は依然として天井から動かない。

しかし、見計らったかのように。

一斉に、左手の通路に潜んでいた複数の異形たちが這《は》い出《だ》した。

とても上手な狩り方だった。


「——逃げろぉお！」


声の限り叫んだミナトは咄嗟《とっさ》に、隣にいるナツカの手を掴《つか》む。

横手から新手の化け物が来る。逆方向に逃げるしかない。それだと進入経路である設備室から離れてしまうが、今はそれを気にしている場合ではなかった。

押しやるようにナツカを通路の奥へ先導し、ミナトは手を離す。

この先にも化け物がいないことを祈りながら。もう、祈るしかない。

「走れ！　振り向くな！」

「でも、みんなが！」

「僕が何とかするっ！　お前は走れ！」

ミナトは破裂しそうな心臓を抱えながら、ナツカを先に行かせ、死地へと振り返る。

耳慣れた声がした。

やはり。

《ＭＡＩの警告》※敵性生物、四体を確認……五体に訂正。六体に訂正。七体に訂正。

ＭＡＩのように身体《からだ》の内部で拡張するタイプのテリトリーまでは影響を受けないらしい。

そのあたりは知識にあるテリトリーウイルスと同じだ。ミナトの能力は死んでいない。

だからと言って、今の絶望的な状況を覆す力は無いが。

「ンもぉ、さっきからなんなわけぇ！」

直近の光景。わけもわからず逃げ出してくるミシェルが走ってくる。

そして、彼女の背後から一体。

前脚だけの化け物が猛獣のように襲いかかる。

「おらァ！」

荒っぽく声を上げ、ミナトは彼女とすれ違いざま、迫っていた化け物へ強烈にナイフを突き立てた。刺す、と言うより、まるで刃物で殴るようだった。

倒すには至らない。しかし、ミシェルを逃がすための時間稼ぎなので、足さえ止めることができれば十分である。

化け物は獲物を彼女からミナトへ切り替えたらしく、大口をだらしなく開けて身体《からだ》の向きを入れ替えた。

「そうだ。こっちに来い！」

挑発はするが、あいにく相手にしている時間は無い。ミナトは敵の意識がこちらにあることを確認するなり、また走り出した。今も窮地に残される少女たちがいる。

メイファの姿が視界に飛び込んだ。

通路に立つ彼女は前後から、二体の化け物に挟まれていた。

化け物が動く。ミナトの到着よりも断然早い。

「――メ」

一見、絶体絶命を感じたが、それを否定したのは他ならぬメイファ本人。

暴漢のごとく腕を伸ばした化け物の懐に潜り、野良猫のように相手の脇《わき》をすり抜けた。

そうだ。この中で誰よりも卓越した身のこなしを持つのは彼女であった。

生還する。合流する。

そして、ミナトの目前にまで来た時、メイファは顔を伏せた。

嗄《か》れた声を漏らす。

「――ごめんなさい」

「え？」

そのままメイファは、ミナトの後ろから追ってきた化け物すらスライディングの要領で避《よ》けると、ナツカたちが逃げた方角へ走り去っていく。

なぜ、彼女は謝罪を口にしたのか。

それを、ミナトが理解したのは二秒後。

クロエがいる方へ目を向けた時だ。

「あ」


一人、逃げ遅れた少女は、完全に囲まれていた。

マダラの化け物により力を奪われた少女は、そこに取り残されていたのだ。

前も後ろも、右も左も。逃げ場が無かった。つまり――救いようがない。

だからミナトは今すぐ逃げるべきだった。

もう無理だから。あの子は死ぬから。一刻も早く、この場を離れるべきだった。

それでも、最後まで顔を逸《そ》らすことができない。

化け物と化け物の隙間《すきま》で、彼女の引きつった表情と目が合ってしまったから。

「……い、や……やだ、私……」

頼みの能力を奪われ。

眼球を痙攣《けいれん》させ。

泣いているようにも、笑っているようにも見える顔で。

こんな死に方、信じたくないだろう。

「たすけ」

クロエが震える声で言葉を紡いだその瞬間。

興奮した化け物たちは次々と彼女に押し寄せた。

牙《きば》を立てる。腕を、肩を、腹を、腿《もも》を。小さな女の子の肉を、鋭利な牙で抉《えぐ》り取《と》っていく。

奴《やつ》らに襲われたら最後、美しい死に様など望めないだろう。

生きたまま肉を裂かれる激痛に、人間らしさなど残してはいられない。壮絶に泣き叫ぶ声が、ミナトの耳朶《じだ》を完膚無きまでに責め立てた。

「――――僕は、」

判断を誤った。

もっと早く、引き返すべきだった。

いや、そもそも、この海底施設に戻ってくるべきではなかったのだ。

人間は誰しもが失敗を経験する――そういう類《たぐい》の言葉はあるが、世の中には決して犯してはならない過ちもある。取り返しが付かない。二度と、謝ることができない。

結局はアイシュワリンを見つけることもできず、ミナトの教え子は原形を失っていった。

Episode．5　ヒューマン・ライセンス

——あの後、どうやってナツカたちと合流したのかミナトは記憶に無い。

ただ、メイファは能力を取り戻していた。

マダラの化け物が持つテリトリーウイルスの効果範囲を抜けたらしい。

青龍偃月刀《せいりゅうえんげつとう》を振り回し、なおも追ってきた化け物の一体を斬《き》り伏せると、そこでようやく息をついた。

「まいた、かも……」

室内だった。

そこは鉄製の扉を持つ、薄暗い空間。鍵《かぎ》は開いていた。

メイファは中から通路に顔を出す。他に追ってくる化け物がいないか確認したらしい。

結果、籠城《ろうじょう》を選んでいた。

「……ミシェル、手伝って。この扉、閉める」

「うん」

「せぇの、で引く。——せーのっ」

固く重い扉である。二人がかりでようやく動いていた。

そんな少女たちの力仕事をミナトは、ただ立ち尽くして眺め続ける。視覚情報が、思考

にまで行き届いていなかった。この時、何一つ考えていなかった。

記憶がはっきりするのは、ナツカの声を聞いてからである。

「……ミナトくん」

鼻を啜《すす》る。目は赤く腫《は》れている。

「落ち着いたら、ね。みんなで逃げよ？」

「…………逃げ、る？」

そうだ、逃げなければならない。

ミナトは頷《うなず》こうとしたが、しかし頭が上手《うま》く動かない。全身が震えている。考えることすら難儀に感じた。思考を放棄したかった。

でも、無理矢理《むりやり》、言葉を紡ぐ。

「――そう、だな。そうしよう」

生産的でなくても構わない。とりあえず今は何か喋《しゃべ》らなくては。

そうしないと、より深いところに落ちて、落ちきって、元に戻れない。そんな気がした。

「……この部屋、なんなんだろうな」

考えてみれば一目瞭然《いちもくりょうぜん》だった。やはり口に出してみるものである。

いわゆるマニュアルスペースと呼ばれる、平たく言えば単なる倉庫だ。

EUの海底施設にもこれと同じものが存在する。

万が一、施設の電力がダウンした場合、必要な工具や食料などの緊急品を保管しておくための手動開閉式の物置。セキュリティの大半が電力に依存する形の建物では配備されることが多い。

探せばいろいろ見つかるはずである。

だから何か役立つ物を、一生懸命、探すことにした。

考えてしまわないように――


簡単に室内を見て回る。

結果としては幸い、陰に化け物が潜んでいることは無かったが、代わりに人間の死体がいくつか転がっていた。

まともな形をした遺体は一つもなく、明らかに人間の仕業ではない。ミナトたちと同様、ここに逃げ延びたが、アクシデントか何かで化け物の侵入を許し、襲われてしまった、そういうところだろう。

凄惨《せいさん》な遺体を目の前にしても、ミナトは特に何も感じない自分に気付いた。そろそろ感覚が麻痺《まひ》しているのかもしれない。

ただ、死体を見つけた時のナツカの行動には、驚くべきものだった。

「……カードキー、持ってないかな?」

そう言って、彼女は死体を調べようとしたのだ。表情一つ変えず、肉片と呼ぶべき惨状に手を伸ばしている。すぐに両手は他人の血で染まっていった。

「おい、無茶《むちゃ》すんな。僕がやるから」

「いいの、これくらいさせて」

一心不乱に死体を漁《あさ》る表情は、感情を失ったようにも見えた。

しかし、すぐに額には油汗が滲《にじ》み出《だ》して——彼女は嘔吐《おうと》した。ミナトが背中に手を当てて介抱すると、嗚咽《おえつ》を漏らしながら同じ言葉を繰り返している。

「ご、めん……ねっ、ごめん……ごめん。……ごめんなさいっ」

謝罪。彼女もまた、相手のいない虚空に謝り続けていた。

そして、すぐに口元を拭《ぬぐ》い、再び死体を調べようとしたのでミナトは止めた。幼馴染《おさななじみ》は涙を流しながら、友人を守る方法を必死に模索している。

彼女は無理にでも強くなろうとしていた。それが悲しい。

——ナツカは一度として、クロエの名前を口にしなかったのだ。

心優しい少女が悲しみに暮れる機会も与えられない現状が、ミナトには憎くて堪《たま》らない。

今度はミナトが死体を調べる。

すると、確かに男性の遺体からカードキーを発見できた。

「お手柄だよ、ナツカ」

暗証番号とセットの部屋だとお手上げだが、共有スペースくらいなら入れるだろう。行動範囲が広がるし、持っていて損は無い。

さらに探索を続ける。

成果としては長期保存食、油圧ジャッキなどの各種工具、懐中電灯や電池など、やはり緊急用の備品が数多く見つかった。

それと、ダイヤルロック式の頑強な金庫。

ロック自体は既に施設の人間が解除したらしく、重厚な蓋《ふた》は半ば開いていた。サイズは家庭用の大型冷蔵庫くらい。

まさか海底施設にまで来て大金と言うわけもあるまい。中身はだいたい予想が付いた。

開錠済みの蓋に手をかける。

「わ」

中を確認した時、ナツカが驚きの声を小さく漏らした。

——銃。

予想の通り。金庫の中には数量の銃器が収納されていたのだ。

「すごく、立派だね」

ナツカの素朴な感想に、ミナトも頷《うなず》く。

「いかにも化け物退治します、って感じだな……」

手に取る前から威力がわかると言うか。どう見ても護身用の域を超えている。

五丁あるが全《すべ》て同じ種類のアサルトライフル。それ自体は何ら変哲が無い。

ただし、使用弾薬が一二・七ミリ規格と、異様にでかいのだ。要するに五〇口径。この時点で「本当にアサルトライフル？」と首をかしげたくなる。威力としては、おそらく化け物相手でも過不足無いだろうが、しかし、いかんせん、撃った反動がどれくらい強いのか見当も付かない。アンチマテリアル弾を使うショートレンジの銃器。もしも化け物の存在が無ければ、完全に用途不明な仕様だった。

いろいろ不安要素がある代物だが、まあ、それでもナイフよりは頼りになるだろう。そう信じたい。最初からこれがあれば……別の未来もあったのだろうか。

ミナトは金庫から本体を一丁と、予備のマガジンは収納用のバッグごと拝借した。

そして、ふと頭を動かすとナツカと視線がぶつかる。

すると、彼女は取り繕うように微笑《ほほえ》んだ。明らかに無理をしているようだった。

だからミナトも無理をして、幼馴染《おさななじみ》に笑いかける。

肩にかけた銃身を見せびらかす。

「……どうよ？」

「うん、かっこいいよ。あのね、世界一です」

「言いすぎだ」

痛々しい会話だと思う。

幼馴染と話すのにこれほど気を遣う日が来るとは思わなかった。

今すぐ泣き喚《わめ》きたいのに許されない。まだ泣けない。

少なくとも、ミナトはこれ以上の弱さを誰かに見せてはいけなかった。

本当に慰めなければならない女の子が、今は声を殺しているのだから。

◇◆◇◆

未《いま》だ化け物の気配は無い。

メンバーは倉庫で少しの間、様子を見ることにした。

「教官、教官」

メイファはたまに、音も無く近寄ってくるので心臓に悪い。

気が付くと、傍《そば》で、静謐《せいひつ》な瞳《ひとみ》がミナトをじっと見上げていた。

「どうした？」

ミナトが尋ねると、メイファは一旦《いったん》、沈黙してしまう。

さらに、沈黙。沈黙。そして藪《やぶ》から棒《ぼう》に呟《つぶや》いた。

「トイレ」

「……お？」

「だから、トイレ。厠《かわや》。お手洗い。おしっこ。尿漏れ。小水」

「うんOK理解した。ストップとまれ」

考えてみれば驚くことでもなかった。

人間だ。状況を問わず生理現象は訪れる。

なんで海中にいる間にこっそり済ませてこなかったのだ、とは言わないでおく。実際に催しちゃった以上、仕方ないだろう。そして、一瞬でも別行動の必要が出てきたのだから、それを仲間に報告することは間違っていない。

だからミナトが動揺する必要なんて、これっぽっちも無いのである。

「一緒に来て」

さすがに動揺するべきだった。

「僕がかよ？」

こくん、と頷《うなず》くメイファ。

「トイレ、いこーる、ワタシ無防備。怖い。ハズいのも事実。でも今は仕方ない」

それならナツカの方が同性の上に仲良しだし気兼ねも無いのでは？

疑問に思う一方で、こうしてミナトに頼んでいるのだから、彼女なりに考えた結果なのかもしれない。……しかし、しかしだ。

彼女のダイバースーツは上下が繋《つな》がったセパレートであり、用を足すとなると上から順に脱ぐしかないはず。つまり、裸に近い状態となるわけで。もちろん、直視するつもりなど毛頭無いのだが、なかなかどうして同行には覚悟は必要だ。

「早く。漏れちゃう」

結局、半ば強引に承諾させられた。

屋内倉庫にトイレが備わってるわけもない。

かと言って、通路に出るのは論外。他のメンバーから距離を置くのは危険である。

「ここで」

従って、保存食を積んだキャビネットの陰に回り済ませることにした。ここなら、ナツカたちの方でトラブルが発生してもすぐに対応できるだろう。

……じゃあ、僕は後ろ向いてるから。

しかし、ミナトが口を開く前に、メイファに先を越される。

「……なんで。言わない？」

低い声。メイファにしては感情が宿る声だった。

「言わないって？　なんのことだよ」

眉《まゆ》を顰《ひそ》めるミナトに、背を向けていたメイファが振り返る。

その表情は、ひどく強張《こわば》っていて、そして震えていた。

瞳《ひとみ》も、唇も。今にも泣き出しそうに揺らいでいる。

不意に吐露した。

「ワタシが、クロエを死なせた」

「…………」

確かに。クロエが最期を迎えた時、直前まで傍《そば》にいたのは彼女だった。

「……ワタシのせいだって、なんでみんなに言わない？　ワタシがもっと、しっかりしてたら、クロエの手をちゃんと掴《つか》んでれば、あの子、たぶん生きてた。一緒に帰れた。明日には、笑ってたかも——なのに、ワタシ、自分だけ……」

「それは違う」

「死ぬ子じゃなかった」

大粒の涙。

少女の頰《ほお》を滑り、雫《しずく》が床に落ちた。

「いい子だった。アカデミー戻ったら、絶対、仲良くなれた。でも、結局、怖くて、自分だけ逃げて……見殺しに、しちゃった。ワタシが……ワタ、シ、取り返しの付かないこと」

「メイファ」

見かねて。

ミナトは、放心を始める彼女の肩を掴んだ。それは痛みを与えるほど強く。

メイファは顔をしかめる。

「……痛」

「僕の声が聞こえるか。僕の話、聞けるか？」

泣き顔を見据えると、メイファは嗄《か》れた声でうなずく。

「……うん。聞いて、る」

「いいか、お前は——」

ミナトは伝えた。

まるで自分自身にも言い聞かせるように。

「お前は、悲しんでいい。自分を責めてもいい。でも、自暴自棄にはなるな。前を見てろ。強がってくれ。メイファには、まだ守るものが残ってんだよ。だから、気合入れろ」

ミナトも、メイファも。

きっと、クロエの影に生涯苦しめられるだろう。

断末魔の声を聞いた。絶望に満ちた表情を見た。この記憶は、決して拭《ぬぐ》えるものではない。

しかし、だからと言って目を覆い、耳を塞《ふさ》ぎ、戦うことを止《や》めてしまったら、その瞬間に全《すべ》てが終わってしまうだろう。人間ではない。単なる肉塊だ。

きれいごとではない。

クロエにあんな死に方をさせた今でも、ミナトはまだ生きていたいと願う。生き残るために、メイファに力を貸してほしかった。だから、ここで挫《くじ》けてもらっては困るのだ。

互いに言葉が途切れる。

静寂に包まれると、メイファの鼓動が波打つ音をミナトは確かに聞いた。

意識すると、思っていた以上に少女とは身体《からだ》が密着していることに気付く。それは、メイファの方が前に寄りかかったためで、やがて、ついには彼女の体重と体温を感じるまでに至った。

ミナトは少しずつ動揺を思い出す。スーツ越しにムネが当たってる気がした。

「……いや、メイファ？」

「貸して。人肌」

端的な要望。普段の彼女らしい物言いだった。

「ちょっとだけ。一分。だいたい一分。それで、もとに戻る。……嘘《うそ》でも、戻すから」

「そうか」

「……ありがと、教官。少し頭、冷めた」

僕の方こそ……

メイファの懺悔《ざんげ》が、ミナトの気持ちを代弁するに等しい内容だったからこそ、感情の落としどころになった。

悲しみが癒《い》えたわけではないが、泣くより先にやることがある。

生還するまでは強がるしかない。

「少し休んだら脱出するぞ。それと、メイファ」

最後にミナトは、自分の胸に埋《うず》まる少女に一つだけ尋ねる。

気がかりになっていた。

「結局、トイレはしなくていいのか？」

「それセクハラ」

「覚悟の上で」

口実だとわかっていたけど、大事なことだから確認したのである。

この倉庫を出たら、次はいつ止まれるかわからないのだから。

◇◆◇◆

のんびりと。

「ねーねー、ミナト教官？」

のんびりとした口調で、ミシェルがあるものを発見した。

「これってぇ、ここの見取り図じゃなーい？」

それは世紀の大発見よりも遥《はる》かに価値のあるものだった。

これまで黙々と休んでいるばかりと思っていた彼女が、いま膝《ひざ》の上に開いているのは業務用の分厚いファイル。その中から一枚を取り出して頭上に掲げていた。

突然のことに、ミナトはぎょっとする。

「どうしたんだ、それ」

「拾った系？」

こともなげに。

「さっきの、コンピュータがたくさんあった部屋に落ちてたから。ミシェル的にはね、何か役立つ資料があればなぁって感じ？」

「君は、できる子だなぁ……」

化け物との戦闘ばかりに意識が向いて、施設の情報収集にまで気が回っていなかったミナトは、彼女のファインプレーに心の底から賛辞を送った。意味の無い情報なら捨てればいいだけで、とりあえず集めておいて損になることは無いのだ。

そして、ミシェルの拾い物は大当たりだったようである。

「そのファイル、ちょっと見せてくれ」

「おっけぇ」

ミナトの能力は速読にも活用できる上、目を通したデータは二度と忘れることがない。辞書のように厚いファイルだが、読了にはさほど時間を必要とはしなかった。

どうやら、施設の設備にまつわるマニュアルのようだ。

それによると施設の出入りに使えそうな経路は二つ。

一つは、ミナトたちが施設に進入する際に通った給水路。

もう一つが、潜水艇のためのコンタクトゲートだ。

今、ミナトたちがいる倉庫を基点にすると、この二つは正反対に位置し、どちらを選んでも二〇〇メートル前後の移動が必要である。

「悩む」

前者の場合は、一度通ってきた道なので状況がわかっており、計画を立てやすい。

それと同時に、このルートは危険であることが確定していた。あの、マダラの化け物が付近に残っている可能性が高いのだ。可能な限り、奴《やつ》との遭遇は避けたいところである。

一方の後者、潜水艇用ゲートを選んだ場合、こちらは完全に未知のルートとなる。給水路に戻るよりずっと安全かもしれないし、危険かもしれない。予測不能な道のりだ。

やがてミナトの中で結論は出たが、その前に皆の意見も聞いてみた。

「あたしは……先に進む方がいいと思う、かな？」

「ワタシも」

ほとんど満場一致で、訓練生たちは潜水艇用のゲートを選んでいたので、同じ考えだったミナトは人知れず胸を撫《な》で下《お》ろす。

――来た道を戻る。それはつまり、友人の変わり果てた姿と対面するということだ。

仲間の亡骸《なきがら》を連れて帰りたいという気持ちは確かにあるが、それ以上にミナトは、ナツカやメイファなどに今の彼女を見せることに強い躊躇《ためら》いを感じていた。だから、ナツカたちが潜水艇用ゲートを選択してくれたことに安堵《あんど》の念を抱く。

辛《つら》い事実から目を逸《そ》らす形で。

◇◆◇◆

その時、メイファ＝リーは非常に嫌な光景を目撃した。

教官である山城《やましろ》ミナトが訓練生である星野《ほしの》ナツカの豊満な胸に手を押し当てたのである。

二人が幼馴染《おさななじみ》であり仲が良いことも知っているが、明日をも知れぬ今の状況で男の欲望を露《あらわ》にした行動は理解に苦しむと言うか、微妙にショックだった。しかし、生命の危機を感じると性欲が高まるという俗説も耳に翳《かじ》ったことがあり、自然と言えば自然なのかも？ なにせナツカが巨乳にして美乳であることはルームメイトであるメイファがよく知ってい る。同性でも触りたくなるくらいだし、男ならイチコロなのだろう。納得。でも何故《なぜ》かショックだ。

と、メイファがそんなことを一瞬で考えているうちに、直後にミナト教官は星野ナツカのことを強い力で突き飛ばしていた。セクハラではなくバイオレンスだったのか。

いや、助けたのである。

直後、ミナト教官の腕に何かが絡みついた。

シュルンと、長くて太い物。まるで大蛇の胴体のようにメイファの目には映った。

しかし、よく見れば吸盤のようなモノが幾つも付いている。

イカかタコの足。それが正解だろう。

新手の化け物だというのは一目瞭然《いちもくりょうぜん》。そいつは、とてつもない怪力を発揮する。

「……くっ」

慌てたメイファはテリトリーを拡張し、青龍偃月刀《せいりゅうえんげつとう》を創造したが、時は既に遅し。

大柄ではないとは言え、男であるミナト教官の身体《からだ》が易々《やすやす》と持ち上げられてしまう。

急速に。乱暴に。

「ミナトくんッ！」

星野《ほしの》ナツカが悲鳴に近い声で名前を叫んだ頃に、彼は目で追うのも困難な速度で天井付近へと攫《さら》われてしまった。ぞっとする。彼がそのまま死んでしまったのかと思う。

——すかさずの銃声。

少し前から彼は倉庫の奥で見つけたというライフル銃を持っていた。

それはメイファが想像していた発砲音よりも遥《はる》かにけたたましい。ズドン、と。咄嗟《とっさ》に耳を塞《ふさ》ぎたくなるほどだ。間隔を置いて、三発まで聞こえた。

それで触手を断ち切ったらしい。

宙に投げ出されたミナト教官を目にして、メイファは急いで落下地点に回りこむと着地を手助けした。

「……教官、無事？」

「助かった！」

生還した彼は、すぐさまライフルを翳《かざ》すと、再びの発砲。

二本目の触手が間近に迫っていたのだ。

そこまで来て、メイファはようやく状況を理解し始める。

あの、イカのような足みたいな化け物は、この倉庫の上部に備えられたエアダクトを使って内部まで侵入したらしい。建物全体の空気を循環させるための通気口。それは倉庫内に四つが存在し、その内の二箇所からそれぞれ一本ずつ、白い触手が発生していた。

それに対するミナト教官の射撃は恐ろしく的確だった。少なくとも下に戻ってからは全弾を命中させていた。先日、メイファも聞いたのだが、彼は測量や計算が機械のごとく正確らしい。今もその能力を利用しているのだろう。

ライフルの威力もあり、触手は一発か二発で半ば砕け散る。

しかし、傷付くと引っ込んで、入れ替わりで新しい触手が伸びるのだ。

「ここから出るぞ！　ドアを開けるんだ！」

教官の号令を耳にして真っ先に動いたのが、何かと身軽なミシェルである。

「ああんミシェル一人じゃ無理かも的な！」

明らかに無理だ。いの一番に鉄の扉へ手をかけて非力を発揮している。そこへナツカ、次いでメイファが手を貸す形になった。

重い扉が少しずつスライドし、ようやく人一人がどうにか通れる程度まで開いて。

その頃には、触手を迎撃中のミナトも入り口まで後退してきた。

「いいか？　外に出たら全員、左に向かって――」

「ふあっ!?」

隣にいた少女が突然、メイファの視界から消え失《う》せた。

「ナツカっ！」

彼女は床に引きずり倒されていた。その足首には、同種の触手が絡み付いている。

それまで比べてずっと目立たない、それこそ小さな排水管でも通ってきそうなほどに細かった。倉庫の奥から床を伝って伸びている。

ミナトも背後で起きた異変に気付いたようだが、しかし、依然として奴《やつ》らは天井からも襲い掛かり身動きが取れない。

得物《えもの》持ちのメイファが動いたが間に合わず、ナツカの身体《からだ》は床から持ち上がり、瞬く間に誰の手も届かない倉庫の上空へ。

逆さ吊《づ》りに遭いながら少女が叫ぶ。

「……みんな、逃げてっ！」

自分を置いていけと彼女は言った。そんなこと、できるわけがない。

メイファはこれ以上、犠牲者が出ることに耐えられないし、ましてやナツカとはルームメイトで親友だ。死んでも助けると思った。

ミナトも慌てて銃口を翳《かざ》して発砲したが、一撃で触手を完全に砕くことはできず、ナツカは解放されなかった。しかも、今ので弾切れを起こしたらしく、弾倉を落としながら彼は悪態を吐《つ》いている。

「クソがッ！」

一刻を争う中。

天井に連れ去られた仲間を助けなければいけない。

「ミシェル、お願いが」

「おっけーい！　ミシェルにつかまって！」

ただの一言で成立したので、メイファ自身も少し驚いた。

空気の読める子だと思う。

◇◆◇◆

ミナトがライフルから弾倉を落としたのとほぼ同時だった。

淡い紫、菖蒲《しょうぶ》色のテリトリーが突如として拡張する。

それは訓練生の一人、ミシェル＝オリバーが能力を発動した証拠。

限定活動型テリトリーを所有する彼女の拡張能力は〝表面滑走〟であり、たとえ壁面であろうが天井であろうが足場になる面さえあれば滑走することができる三次元移動能力者だ。

一言で言うと壁昇り。

そのため六方向を面に囲まれた室内でこそ本領を発揮する。

能力発動の目的は考えるまでもない。

現状、頭上に攫《さら》われたナツカのもとまで辿《たど》り着《つ》くことができるのは彼女だけである。

「飛ばしちゃうからっ」

宣言後、滑り出した。

まさに飛ぶ鳥の勢いである。足元がアイスリンクであるかのように滑走を始め、倉庫の端にぶつかると壁に沿って急上昇した。外見はお人形さんのようなミシェルだが、能力自体は忍者さながらだ。そして、メイファ、クロエと並ぶ遠征演習の推薦訓練生の一人である。テリトリーを使った移動能力に関して言えばアカデミーでも指折りの少女だった。

ちょうど、ミナトが替えのマガジンのセットを終えた頃。

彼女は一瞬にして、星野《ほしの》ナツカとの高低差をゼロにしてみせた。

「メイメイ、今だ！　的な！」

「それ何者」

全《すべ》ては自らの腰に張りついたメイファ＝リーを運ぶために。

仲間を見殺しにしないために。

ミナトは発砲準備を終えたライフルを構えながら、少女たちが咄嗟《とっさ》に生んだチームワークの結末を見据える。

ミシェルに運ばれたメイファが壁を強く蹴《け》りつけると跳躍した。

身体能力の高い中国系の少女は空中で身を翻すと、直後には菫色《すみれいろ》のテリトリーが強い輝きを放ち、手中に青龍偃月刀《せいりゅうえんげつとう》が構築されていた。

そしてクールな彼女は、熱く甲高い声を倉庫に響かせたのだ。

「呀《ヤ》ァアアアアアアアアアッ！」

断ち切る。

触手は半ばから斬《き》り裂かれ、拘束力を失ったナツカの身体《からだ》は自由落下した。ミナトはライフルを降ろすとその身体を受け止める。

完璧《かんぺき》な連携だった。ナツカを助け出した。心からすごい子たちだと感動させられた。

かくして、ミナトたちは誰一人欠けることなく倉庫からの脱出に成功する。

◇◆◇◆

施設ファイルの資料によると現在、ミナトたちが歩いている区画は総務セクターと呼ばれる部分に該当するらしく、見取り図の中心には『中央管制室』という、恐らくは施設全体のシステムを管理する巨大な空間が存在している。

そして、間に小さな資料室を挟んでいるが、潜水艇が出入りをするためのコンタクトゲートは、ほぼ中央管制室の手前に位置していた。

最初に歩を進めたのはゲート開閉のためのゲート制御室。

せいぜい五メートル四方程度の空間。壁の一面は潜水艇を浮かべる格納プールを監視するため大きなガラス窓が張られていた。

監視窓の真下にはOSを搭載したデジタル式の操作盤。

それを見るなりメイファァは眩暈《めまい》でも催したように額に手を押し当てた。

「……なにこの、機械。グロい」

メイファァ語で「グロい」とは「ボタンがたくさん」の意味らしい。

言うほど複雑ではない。ほとんどが二進数制御なのだから、ヘリコプターの操縦などに比べればずっと簡単な部類だろう。加えてプログラム処理も受け付けているようで、時間を指定してゲートを開く処理も進められるようだ。

ほっとするミナト。実は、ゲート操作のため中に一人（つまりミナトが）残らないと駄目なパターンも想像していたのだが。この分なら全員一緒にゲートから出られそうである。

「出る時だけど」

キーボードを叩《たた》く合間に、脱出時のことを訓練生に説明しておくことにした。

「基本的には、侵入する時に使った水路と同じだ。二重のゲートが手前から順に一つずつ、時間差で開く。設定は一〇分後にし――」

そこで照明が落ちたので、ミナトは口を噤《つぐ》む。

照明だけでは無い。たった今、操作をしていた操作盤のコンピュータ画面も同時に暗転。完全な暗闇《くらやみ》に包まれた。

しかし、電気はすぐに復旧した。予備電源に切り替わったらしく、コンピュータも再起動を始める。

「び、びっくりしたよー」

「タイミング最悪だったな……」

人がいなくなったせいで発電機関の一部が止まったのかもしれない。

おかげで、作業途中だったゲートの開閉設定が失われてしまった。

また一からやり直し。それだけなら、まだ良かったのだが。

「──ほんと、最悪だなっ」

モニター画面に映し出されたメッセージを読み、ミナトは苛立《いらだ》つ声を漏らした。

──パスワードを入力して下さい──

どうやら一度でもシャットダウンしたせいでサインアウトを起こしてしまったらしい。しかし、ミナトがパスワードを知るわけもない。

すると、それまで静かにしていたミシェルが隣に来て、モニターを覗《のぞ》き込《こ》むと言った。

意外なことに彼女はPC関係には詳しいらしい。

「セーフモードにして書き換えはぁ?」

「いま試したけど、無理だ。市販のやつと全然違う」

「でもでもぉ、プログラムまで完全オリジナルってありえないしぃ。マッキントッシュにしろ、リナックスにしろ、リモート起動は可能ってゆーかぁ? ホストPCが生きてればミシェル的にはイケそうなイメージ」

「君すごいね。いずれにしても、隣に行くしかないか……」

中央管制室。希望が残っているとすれば、そこだった。

これはミナトの憶測に過ぎないが、ここが研究施設だとすれば、研究に関する多くのデータがそこで共有されているはずである。

ならば、予備電源に切り替わる時でも、そこには優先的に電力が回されてデータ消失を防ぐ処置が施されている可能性は高い。

つくづく不運だが、ただ嘆いていても意味が無い。

ミナトたちは施設の中心部に場所を移した。

◇◆◇◆

総務セクター、中央管制室。

スペース全体は雛壇《ひなだん》状に段差を重ねる構造になっており、巨大なコンサートホールを連想させる造りだった。ミナトたちが立つのは最上段。そこから見下ろすと、計測を得意とするミナトでも数えるのが面倒になるくらいコンピュータで溢《あふ》れかえっていた。

何よりも。

「……ひどい」

ここにも人間の残骸《ざんがい》。積み重なるように散乱していた。

肉片と血痕《けっこん》。それらはこの場所で命を落とした者の数を物語っていた。

管制室の最下部に目を向ける。小さなモニターが密集して、蜂《はち》の巣のようになっている。モニターが映すのは、液が抜けた培養管。血塗《ちまみ》れの手術台。化け物を閉じ込める密室……など、監視モニターらしい。

そして、ちょうどその隣には人間の背丈には達する巨大なコンピュータ。おそらくあれがメインサーバーなのだろう。わかりやすくて助かる。

目的の物を発見したミナトは、訓練生を連れて緩やかな段差を降りた。

傍《そば》に来るなり、ミシェルが操作用のキーボードに触れる。

「ほらやっぱー、古めのユニックス系じゃーん。これならミシェル的に余裕かもー」

「なら、頼んでもいいか？」

「おっけー、マッハでやっちゃう」

彼女がゲートシステムの復旧をしてくれるなら有り難い。

その一方でミナトも別の作業を進められるからだ。

動き出すとナツカが不安げに声を漏らす。

「ミナトくん？　どこ行くの」

「尻尾《しっぽ》が無いか探す」

手近に開いているパソコンを見つけるとミナトは情報収集を始めることにした。

この施設の正体を暴くため、少しでも手がかりは無いかと思ったが。

間もなく奇妙な点に気が付いた。

「……変だな」

思わず漏らした呟《つぶや》きに、背後に立つナツカが反応している。

「どうしたの？」

「誰かにサーバーのセキュリティが破壊されてるっぽい」

「……ん？　難しい話だね」

「大事な秘密の情報なのに、いつでも誰でも自由に見られるってこと」

「えーと、……赤裸々ってことかな?」

その通り。

共有フォルダを開く際、はじめはパスワードの入力を求められたのだが、ミナトが何かをする前に自動で解除されてしまった。まるでウイルス感染でもしたかのような挙動である。

だとすれば、この施設に敵対する人間の仕業だろう。

研究内容を盗むためにサーバーを破壊したのなら辻褄《つじつま》が合う。

おかげでミナトでも重要な内容をすぐに閲覧することができた。

モニターに映し出された一枚の写真を見て、背後ではナツカが息を呑《の》む気配がする。

「それって……」

——アンダー。

それが、奴《やつ》らに対する正確な呼称らしい。

アンダー・コントロール・オブ・ザ・ソラリス。ソラリスに支配されし者。

まるで論文じみた内容のテキスト量は膨大を極めたが、ミナトの能力は新聞の読破に十秒も要さないものであり、瞬く間に化け物に関する記載を読み解いていく。

「……腐ってんな」

内容が内容なだけにミナトは唾棄《だき》するがごとく吐き捨てた。

人体実験、兵器的運用という記述が当たり前のように出てくる。まるでパニック映画に出てくる悪の研究所そのものだった。それを現実で再現しようとする気が知れない。

「…………」

最も望んでいた情報は奴らの弱点だが、あいにく効果的な撃退法は載っていない。しいて言えば「身体《からだ》を著しく損壊すると活動を休止する」という、ひどく曖昧《あいまい》な一文だけ。

倒すには徹底的に破壊するしかないようだ。

「ミナトきょーかーん」

ミシェルの声がしたので顔を上げる。

彼女はミナトと目が合うと、頷《うなず》く動作を見せた。

「終わったか？」

「おわりー。アカウントまで書き換えばっちし。制御室のPCに戻ってから【0000】的な。それで再起動できちゃう系」

「助かったよ。ありがとう」

「おっけー」

笑顔でグーサインしている。どこまで来ても明るい子だった。

「ミシェルの力じゃキモキャラ退治できないしねぇ。これくらいは喜んで、みたいな？」

キモキャラってなんだと思ったが、おそらく化け物のことだろう。

今となってはアンダーと呼ぶべきか。

とりあえずは彼女のおかげでトラブルを解消することができた。

さっさと潜水艇ゲートを開けるため、制御室に戻らなければと思い。

天井の一部が盛大に爆《は》ぜた。

◇◆◇◆

雛壇《ひなだん》の中腹。大量の瓦礫《がれき》が崩れ落ちる。

粉塵《ふんじん》が舞い、煙幕に覆われる一帯。そこに蠢《うごめ》いている影があった。

「……出た」

うんざりしたように。直後、メイファのテリトリーが一気に拡張する気配がした。

ミナトも背中にあったライフルに手を回し、天井の崩落地点に銃口を向ける。

視界は不明瞭《ふめいりよう》のまま。

煙幕の中の影は、なかなか動く気配を見せなかったが。

「っ」

急遽《きゆうきよ》、ミナトは一八〇度回転する。

そしてトリガーを絞ると二発、立て続けに発砲した。背後に迫っていた化け物の頭部が見事に砕け散る。

しかし、ミナトは表情を強張《こわば》らせた。

「――囲ま、れッ」

最初から潜んでいたのか。それとも静かに侵入したのか。

まるで天井から来た奴《やつ》は囮《おとり》だったとでも言うように、振り返ったミナトの視線には化け物の姿が次々と飛び込んでくる。前後だけではない。左右にも。忌々《いまいま》しかった。

よく見る前脚だけのタイプだ。

ランクDの無能力体。テリトリーに拡張能力を持たず、この研究所にとってはゴミクズ同然の価値しか無かった個体だが、それでも群れを成せば十分な脅威だ。

幸い、あのマダラ模様は見当たらないようだが。

一体目を射殺したあたりで、残りのアンダーたちの動きは活発化する。

奇声を放ち、室内の機材を薙《な》ぎ倒《たお》しながらミナトたちに襲い掛かってきた。ライフルのマガジンには残弾が二。ミナトは途中でリロードしておかなかった事を後悔する。

視界の端では、菫色《すみれいろ》のテリトリーが閃《ひらめ》いた。

溜《た》め息《いき》。そして、決意を固めるように。

「梅花《メイファ》は、一身これ胆なり」

勇気こそが勝利をもたらす――自分を鼓舞したかったのかもしれない。

呟《つぶや》いて、華奢《きやしや》な肢体が死地へと飛び込んだ。

少女の身体《からだ》ごと青龍偃月刀《せいりゆうえんげつとう》が旋回し、肉薄した化け物を両断に伏せる。

即座、構えを直すと得物《えもの》を盾に、押し迫った一体の牙《きば》をいなし、さらに刃を返し、別の一体の喉《のど》へ突き刺して首を斬《き》り落としている。

そして、

「早く！」

メイファが叫ぶ。

「今のうちに！」

迷うことは許されなかった。

ライフルの照準を出口へ向けると、ナツカとミシェルに向けて号令する。

「ッ、出るぞ！」

「……………でもっ、メイファちゃんが」

「見捨てるもんか！　でも、メイファが作った時間を無駄にするなっ！」

ナツカの手を掴《つか》み、無理にでも走らせる。ミシェルも付いてきた。

出口を目指して全力で駆ける。

大半の化け物はテリトリーを拡張するメイファに群がったが、それでもミナトたちの行く手を阻む奴《やつ》が二体ほど居た。一体は引き付けてからライフルで頭部を撃ち抜く。しかし、頭半分になってもまだ動く。もう一発撃ち込んで頭部を完全に吹き飛ばし、空になったマガジンを捨てる時間も惜しみナイフを引き抜いて、残るアンダーに臨もうとした。

その時、ナツカのテリトリーが発動する。

器用なことはできないが、それでも桜色の粒子が障壁となりアンダーの動きを鈍らせた。

それを機に装填《そうてん》を完了したミナトが鉛玉をぶち込む。

安心したのも束《つか》の間《ま》、後ろから、新たに追ってくる影。

「か、カードキーっ！」

「これだ！」

ミナトはポーチからカードキーを抜き取ると、それをナツカに渡し、自身はライフルを構え直す。すかさず追手を撃ち抜いた。

背後ではドアが開く音がして――

「ナツカちんッ！」

悲鳴。

振り返った先、ナツカが開けたドアの先にも化け物がいて。

馬鹿か――と、ミナトは思った。

馬鹿か、僕は？

なぜ、ナツカにドアを開けさせた？

急ぐあまり、経路の安全確認を完全に怠っていた。

後悔しても遅い。間に合わない。

だらしなく大口を開けたアンダーが、ナツカの体に覆いかぶさる。

瞬間、しかし隣にいたミシェル＝オリバーがナツカを突き飛ばしていたのだ。

「――ミシェルちゃんッ！」

その腕に牙《きば》が食い込んだ。肘先《ひじさき》から首筋にかけて、右肩を丸ごと抉《えぐ》り取《と》ってしまう。鮮血が飛ぶ。食い千切られた少女の手首が床で回る。

そしてミナトがアンダーを射殺した頃には、肺にも達するほど肉体を奪われたミシェルが力なく崩れ落ち、ナツカが抱きしめるように受け止めた。

悲痛な叫び声が響く。

「ミシェルちゃんッ、どうして……こんなッ！」

「……あう、」

最後まで、少女は笑っていた。

「………やっちゃ、たぁ………し、っぱい……みたいな」

付近のアンダーを撃破したミナトがライフルを下げ、傷ついたミシェルの身体《からだ》を抱え込む。

「喋《しゃべ》るな！」

「死なないよっ。ミシェルちゃん、助かるからね！」

しかし、頭は無情に理解してしまう。この傷で助かるはずが無い。

それでも、まだ息のある彼女を、ミナトは見捨てることができず通路を運ぶ。生温かい血がとめどなく溢《あふ》れてくる。自己嫌悪で顔中が痛い。目が口が鼻が耳が痛くて呼吸も苦しい。どうして経路の安全確認をしなかったのか。簡単なことではないか。あとほんのちょっと、ミナトに冷静さがあれば彼女を助けることができたはずだ。いくらでも謝るし、いくらでも金は払うし、どんな罰だって受けるから、今の失敗を無かったことにしてほしかった。腕の中でミシェルの命が消えていく。

泣き崩れたい足を無理にでも動かして、ミナトはナツカと共に、右肩を失ったミシェルを制御室まで連れて行った。

制御室に入り、全体の安全を隈《くま》なく確認するとミシェルを下ろす。

残念だが、ミナトには彼女の死を看取《みと》ってやる時間も無かった。

「ナツカ……ミシェルの傍《そば》にいてやってくれ」

返事も聞かずにミナトは、メイファを残してきた中央管制室に戻る。

あの数のアンダーを相手に、はたして彼女はまだ生きているのか？

希望と不安、どちらとも持っていた。

しかし、一つだけ確信を持って言えることがある。

あの時、メイファの瞳《ひとみ》からは「負の気配」を微塵《みじん》も感じなかったことだ——

中央管制室——運命のドアを開けた。

その瞬間。

「——しゃあああああああああっ！」

ミナトはあらん限りの大声を上げ、三〇メートル先にいるアンダー一体をライフルで吹っ飛ばした。

この三〇秒間、メイファ＝リーは生き残っていたのだ。

元気に……かは、まだ楽観できないが。今も危うく囲まれそうになったところ、デスクを踏み台にして宙返り。難を逃れている。それでも、五体満足には変わりない。

俄然《がぜん》生気を取り戻したミナトは、室内状況を一瞬で計測する。

アンダーの数は七体。視界は良好。周囲はオールクリア。狙撃するには格好の位置取りである。標的までの最大距離は四〇メートル弱。スコープなんぞ要らん。

早々に二体目の頭部を撃ち抜く。

今まで碌《ろく》に感想を抱く暇が無かったが、このライフル、かなりの高性能である。ヘリすら撃ち落しかねない威力にも拘《かかわ》らず、驚異的な射撃反動の柔らかさ。生物兵器なんて下らないモノは今すぐ止《や》めて、こちらの技術に専念すればいいと思う。真剣に。

それからも三体、四体と立て続けに破壊して、さすがにマガジン一つが尽きたが、追手の数が減るとメイファも本領を発揮し始めた。ミナトがリロードを終える頃には、二体を斬《き》り伏せている。

そして、目下の最後となる標的をミナトは、一発の弾丸で粉砕してみせた。

「──状況終了」

つい舞い上がったことを口にするが、それでも銃を下げる気にはなれず、ミナトはライフルを構えたままメイファを迎えに雛壇《ひなだん》を降りる。

メイファも、左右を警戒しながら上に昇ってきた。

二人は合流すると、自然と背中を合わせ、互いの背後を守るように言葉を交わす。

「生還した。自分でも意外。なんだか全能感」

「無茶《むちゃ》をさせて悪かったな。おかげで……」

ナツカに傷を負わせずには済んだ。

しかし、代わりにミシェルが倒れてしまった。

それは完全にミナトの油断が招いた結末だ。メイファの勇気には感謝しきれない。

「ミシェルのことは……残念」

彼女もその光景を見ていたらしい。

「ワタシ、運命を呪《のろ》う。今朝から、ずっと悪夢。怖い。辛《つら》い。悲しい……でも。だから、わかる。教官の存在に、ワタシは救われきた。教官がいて、良かった」

「メイファ」

「誰かが傷つくたび、教官は自分を責めてるかもしれない。でも、教官がいてくれたから、ワタシは生きている。だから、つらい顔しないで……」

「……ありがとう」

下を向いている暇は無い。

それはミナト自身がメイファに伝えたことだ。

この深い海の底で、朝日は決して昇らない。悪夢はいつまでも続く。

だから絶対に、脱出するのだ。

人間として、太陽を取り戻すために。

◇◆◇◆

ミシェル＝オリバーは眠るように息を引き取っていた。

「なんだか、くやしいね……」

後輩にあたる少女の亡骸《なきがら》を、大切そうに抱き締めるナツカの顔は涙の跡に腫《は》れている。

ミナトたちが戻ってくると、嗄《か》れた声で呟《つぶや》いた。

「ミシェルちゃんとも、クロエちゃんとも、もっと、たくさんお話したかったんだよ……、明日も、会いたかった。それなのに、死んじゃうのって、くやしいね。くやしい……」

度重なる友人の死。

無理も無いが、ナツカの感情は乱れているようだった。その輪郭が強く波打つように、テリトリーの形状が深刻なまでに揺らいでいた。そのまま、壊れてしまいそうなほど。

そんな彼女を包むようにして、親友であるメイファは身体《からだ》を寄せる。

「ワタシも……同じ気持ち。でも、今は忘れる。生き残らなきゃ」

ミナトも、この施設を生み出した犯人を決して許すことはできなかった。どうにかしてやりたい。それこそ、クロエたちと同等以上の苦しみを与えてやりたかった。

しかし、今は、自分たちが生き残ることに専念するしかない。

ミシェルが復旧してくれた、ゲート制御システムを開いてパスワードを入力する。

今度は電力が落ちるということはなく、設定を上手《うま》く完了することができた。

「一〇分後にゲートが開く。下におりよう」

制御室の横には、潜水艇プールに続く階段があった。

「ナツカ、歩けるか？」

「……うん。一人で、大丈夫だよ」

憔悴《しょうすい》した表情の幼馴染《おさななじみ》を気遣いながら、ミナトは先頭に立って階段を下りていく。

潜水艇の数は四つ。作業用と巡回用を分けているようだ。一つはクレーンで吊《つ》り上《あ》げられているが、残り三つは全《すべ》てプールに浮かんでいる。

開けっ放しになっているハッチの傍《そば》には死体があったが、今さらミナトはそれを指摘することはしなかった。

生き残った三人は黙々と、海水プールの隣を歩く。

プールの先にはアーチ型の水門が閉じている状態になっている。一〇分後にはあの門が開き、水圧調整後に外に繋《つな》がるゲートが開くはずだ。

「ねえ、教官、ナツカ」

脱出を目前にして口を開いたのはメイファだ。

何を言うかと思えば。

「腹ペコ」

よく考えれば、そろそろ昼が近かった。先ほどの倉庫に保存食ならあったが、ミナトは口にしてない。たぶん他の二人も同じだろう。

平和な話題を少女は続ける。

「人工島、空港南口のビーチ、ベイサイドワゴンって名の食堂が」

「ああ。そこ知ってる」

ミナトも乗ることにした。

「僕も何回か行ったよ。シーフードカレー、うまいよな」

「個人的にはエビチリ無双」

「エビチリ？　あそこって中華は出してなかったはずだろ」

「頼めば出る。裏メニュー多数」

「僕が情報戦で負けた……」

「ワタシ常連。顔パスで割引。連れていくとお得。――つまり、連れていくとお得」

「わかったわかった。今度おごるよ」

「いい心がけ。そうと決まればナツカ、何食べたい？」

たぶん、メイファは友人を元気付けるためだけに口を開いたのだろう。

そして、ナツカもそれに気付いていた。

だから、メイファの問いかけを受けると無理するように笑顔を作り、そして明日、食べたいものを真剣に考え始める。

「食べたいものかぁ」

互いを気遣う。

生きることに対して、絶望してしまわないため。

「あたしは――」

あざ笑うかのように。

そいつはミナトたちの前に姿を現したのだった。

◇◆◇◆

プールに起きた波紋は瞬く間に広がり、やがて大きな白波と化す。

奴《やつ》の巨体が浮上したことで、潜水艇の一隻が転覆した。

もしかすると、施設中の床下に張り巡らされている配水路を通り道にしていたのか。

ミナトは回数にして二回、そいつのことを見ている。

一度目は倉庫で襲撃された時。その時は奴の触手までしか確認することができなかったが、しかし、中央管制室のコンピュータには全貌《ぜんぼう》を映したデータが存在した。

ランクAのアンダー。

知覚特化型成体〇二号。

クジラに匹敵する巨体に、無数に蠢《うごめ》く伸縮自在の触手。

研究所からは『ダイオウイカ』と呼ばれていた。

しかし、その上半身はまるで人間の女性のようであり、軟体動物特有の触手を持つ他に、発達した指を持つ一対の腕を生やしていた。そして、氾濫《はんらん》する水槽から頭を持ち上げると、虚《うつ》ろで感情の無い瞳《ひとみ》がミナトたちを見据える。

何故《なぜ》、あと一〇分、待ってくれなかったのか。

このままゲートが開いても、すぐに外へ出られるわけではない。第一ゲートと第二ゲートの間、密閉したプールに注水し、水圧調整をする時間があった。そこに奴《やつ》が紛《まぎ》れ込《こ》んでしまったら一巻の終わり。

引き返そうにも、奴は制御室の前を塞《ふさ》ぐように上陸している。

いずれ、ここで排除するしかなかった。

「……ほんと、空気読め」

メイファが、犬と出くわした野良猫のように身を縮めると、素早くテリトリーを展開した。

菫色《すみれいろ》の、青龍偃月刀《せいりゅうえんげつとう》を回す。

「――デカブツ。でも、首を落とせば、死ぬ」

「待て、メイファ！」

少女が今にも飛び出しかねない雰囲気を察し、慌てたミナトはしがみついて止める。

「きょ、教官ッ？」

「あいつの触手には全《すべ》て、視覚と聴覚がある！　つまり、死角が無いんだ。下手《へた》に攻撃すれば、必ず反撃されるぞ」

イカの足。吸盤に見えていた物は実のところ高感度のセンサーであり、事実上、三六〇度を奴は見ている。たとえ不意を突こうと近づいても、間違いなく捕捉《ほそく》されるだろう。

無策で挑むには危険すぎる相手だった。

「でも首を落とすってのは名案だ。ただ、そのためには役割を決めて、触手の注意を分散するしかない。とにかく、今は飛び込むな」

「りょ、了解っ。だけど」

何故か、メイファは目を白黒させて。

「その……手が」

「手？」

言われて気付いたが、例の場所を鷲掴《わしづか》みにしていた。まことに遺憾だった。一流セクハラ師として、ボディタッチは最大の禁忌にしていたのに。

努めて平静を装って。

「すまん」

「……いいよ」

しかし、これ以上、彼女との会話に時間を割いている暇は無かった。

ダイオウイカのアンダーは、人間という獲物を見つけると複数の触手を同時にプールから突き上げた。

そのうちの六本が襲来する。

「ナツカ、テリトリーで壁作れるか！」

「――うん」

詳しい指示を伝える前に、彼女は桜色のテリトリーを拡張すると、前方に肉厚な障壁を生み出した。

やはり気のせいではなく、以前よりもそのテリトリーは質量が肥大化している。

実践的な能力の使用が彼女を成長させているのかもしれない。

何にせよ嬉《うれ》しい誤算。

感覚の鋭い触手はナツカの壁を察知して動きを鈍らせた。――瞬間、ミナトのライフルが根元に近い部分から撃ち砕いていた。予備のマガジンは残り二つ。装填《そうてん》中の分も合わせると残りは三十二発だけ。

対して、アンダーが持つ触手の数は野生のイカを上回る十八本。触手一本を破壊するのに二発から三発は必要なため、弾を使い尽くしても全《すべ》てを破壊するのは難しい。

おまけに、研究所のデータによれば、あの触手には再生能力がある。

つまり、時間をかけても弾が減る一方で不利になるだけ。

短期勝負しか道は無い。

ミナトは頭部に銃口を向ける。その人間じみた顔に二発を撃ち込んだ。

「……きついか」

　やはり触手と比べて遥《はる》かに肉厚なのか、穴は開いても砕ける気配が無い。これでは、いくら撃ったところで相手の再生の方が早いだろう。

　ならば、残された方法に賭《か》けるしかない。

　迫り来る触手を凌《しの》ぎつつ、ミナトは当初の案を口にした。

「メイファ、僕の合図で奴《やつ》の頭を狙《ねら》えるか？」

「はなから、そのつもり。イメージばっちり。完璧《かんぺき》」

「——よし。周囲の触手は、僕とナツカで止める。絶対、メイファに近づけさせない。これで最後だ。美味《おい》しいとこ全部持ってけ」

「メイファちゃん」

　ナツカは祈るような顔をしていた。

「危ないと思ったら、逃げていいからね？　どんなに時間がかかったって、メイファちゃんが無事なら……あたしは、それが一番だからね」

「大丈夫。ワタシ、勝つ」

　メイファ＝リーが笑った。

　少なくともミナトは初めて目撃する、歳《とし》相応の、女の子の表情だった。

「負けるわけない。だって、傍《そば》にナツカと教官がいる。なら、今のワタシ——最高だから。負けるわけない。絶対」

強がりと疑うことができない、晴れやかな笑顔だった。

彼女の瞳《ひとみ》が、ミナトの中にあった微《かす》かな恐れをも完全に振り払う。

最後の戦いに勝つために。


その時が来る。

「三つ、数えるぞ」

「うん」

「三、二、いち――」

ミナトは最も手近にあった触手に銃口を翳《かざ》す。

「――GO!」

同時にミナトは銃撃によって触手の一本を砕く。

メイファも地を蹴《け》った。

瞬間、彼女は持って生まれた才能をまざまざと見せつけた。しなやかな筋肉は、踏み出した直後に少女を最高速へと導き、頭部を持つ本体へと迷わずに駆けていく。

しかし、二十本に近い触手を持つアンダーは例えると要塞《ようさい》。全《すべ》てを掻《か》い潜《くぐ》るのは不可能。

自らもライフルを構えて前進し、同じく後方支援のナツカに指示を出す。

「ナツカは、メイファの左側に壁を!」

「任せて!」

「残りは僕が！」

全てを同時に撃ち落とすのは無理だが、ナツカの能力によって一部でも敵の攻撃を制限できれば何とかできる。意地でも、何とかする。

絶対に死なせるものか、と。全神経を注ぎ、メイファに迫る触手たちを撃ち落していく。

ＭＡＩもフルに回転していた。

《ＭＡＩの判断》※対象Ｈ、Ｍ、Ｂの順に牽制《けんせい》射撃。※友軍の進路確保。※状況、優勢。

そこに間違いなく一本の道が生まれた。

この悪夢を絶つための道が。

仲間を信じるメイファの背中は一瞬として足を止めることはなく、巨躯《きょく》の化け物に接近すると、近くにあった潜水艇用クレーンの機材を踏み台に高く跳ね上がる。

高く。おとぎ話に描かれる巨人討伐のように。メイファのテリトリー、青龍偃月刀《せいりゅうえんげつとう》が放つ菫色《すみれいろ》の光が大きな弧を描いた。

——だが。

それと同時に伸びる魔の手。

触手ではない。

人の形状を残す、あの大きな腕の一本だった。

「ち」

ミナトの背筋のうちに寒気が走る。

直前、奴《やつ》の腕が、触手を守るようにミナトの銃弾を防いだのだ。

まるで知能でもあるように。そのせいで一瞬とは言え、援護が遅れ——

悪い想像がした。

空中に浮き上がり、自由が利かないメイファ。

生き残った触手の一本が起き上がり、少女の背後に迫ると飛矢のように伸びる。

微妙なタイミング。いや、跳躍する彼女の刃《やいば》が本体の首に届くより、触手が彼女の身体《からだ》を貫くのがわずかに速いかもしれない。

だとしても。

「——破ァアアアアアアアアアア！」

奇襲すら穿《うが》つ——

メイファの動きはミナトの想像を超えた。

完全な背後にあった触手に対し、身を捻《ひね》り青龍偃月刀《せいりゆうえんげつとう》を刺し込むと、自分へと引き寄せて、敵の攻撃をも自らの『足場』に変えて再び跳躍したのだ。

ミナトはその光景を、永久に忘れられそうにない。まさに神業《かみわざ》である。

奇跡なのか——。

違う。

それは彼女の勇気と執念が生みだした必定の一撃だった。

今度こそ、がら空きとなったアンダーの首に、渾身《こんしん》の斬撃《ざんげき》を叩《たた》き込《こ》む。

――勝負は、決した。

もしもだ。

もしも、青龍偃月刀が『直前で消えてなくなる』という現象さえ起きていなければ、彼女の完全な勝利に終わっていたに違いない。

しかし現実は、あるはずの力を失い、メイファの腕が虚《むな》しく空を切るだけだった。

報われるべき一撃だったはずだ。

しかし運命に嫌われた。

きっと少女は最後の瞬間まで、自分の身に何が起こったのか理解できなかっただろう。

「…………あれ？」

呆《ほう》けた声を漏らした直後には、落下中の彼女を、覆いかぶさった触手が叩き潰《つぶ》した。何度も、執拗《しつよう》に。水風船が割れるように肉片が飛散する。床に残された少女の両脚はビクビクと痙攣《けいれん》していた。轢《ひ》かれた蛙《かえる》のようだった。アンダーは血肉のこびり付く触手をプールの中に潜らせるように泳がせた。ひょっとすると綺麗《きれい》好《ず》きなのかもしれない。ハエなども一般的なイメージと反して自身を清潔に保つ習性があるし、あながち有り得ないこともない。しかし清潔だろうと奴らはハエにも劣るクソ野郎だった。

メイファ＝リーが、死んだ。

「…………あー」

ふと、ミナトは高いところを仰いだ。ちょうどダイオウイカの真上あたりだ。

天井。

そこには、あの、赤いマダラ模様を持つ一体のアンダーが張り付いていた。

呟《つぶや》くように、問いかける。

「──お前のせいか？」

奴《やつ》は黙秘を貫いたが、答えなら聞くまでもなかった。

水使いから能力を奪うテリトリーウイルスを持つのは、研究所から『マダラ』と呼ばれているあの個体だけだ。最初から居たのか、途中で紛《まぎ》れこんだのかはわからない。いずれにせよ、もう少し早く登場してくれたら、こちらとしても対処のしようがあったものを。直前まで隠れていて、ここぞって時に邪魔をしてくるんだから。ほんと。

「ハハハ、ひってえよな？」

ミナトはうすら笑い、銃口を天井に翳《かざ》し即座に発砲した。敏捷《びんしょう》なマダラは一撃こそ避《よ》けたが、天井板ごと破壊されて落下する。そこに向けて撃った。何度も。何度も。何度も！跡形なんて残さないように。念入りに。許せない。あっけなく死にすぎだ。もう一度生き返れ。殺してやる。徹底的に。

「いや待て」

ふと、「弾が勿体無《もったいな》い」なんて、まともなことを考える。

正常でなかったと自覚する。徐々に、思考が戻ってくる。

我に返るきっかけは、背後で泣き崩れている星野《ほしの》ナツカに気付いたからだった。

「……メイファちゃんっ、メイファちゃんが！　メイ……ちゃ――メイファちゃ、んッ」

壊れてしまったように友人の名前を繰り返している。いや、もう壊れてしまったのか。

そろそろ、ミナトも全《すべ》てを投げ出して楽になりたくなってきた。疲れた。残された最後の一人が星野ナツカでなければ、とっくにリタイヤしていたかもしれない。

しかし、まったく忌々《いまいま》しいことに、戦う意志ならまだ残っている。

ダイオウイカは健在。

人間の慟哭《どうこく》など意にも介さず、メイファを殺害した触手を広げた。

ミナトは幼馴染《おさななじみ》の姿を隠すように立つと、空になったマガジンを捨て去り、そして最後の装填《そうてん》を終えた。泣いても笑っても残り十発。これで活路を見出《みいだ》さなければならない。

MAIが経過時間を記録している。

ゲートが開くまで残り五分ほど。そのチャンスを逃せば、いよいよ後がなくなってくる。

だが、ライフルだけであの化け物を倒すことは確実に不可能。

ならば方法は一つ。

ゲートが開いた瞬間を狙《ねら》い、奴を足止めすることだ。巨体を誇るアンダーを、最低でも二分間……極めて望みは薄いが、まあ、いずれ死ぬならやってみるしかない。

最大の問題は、今にも襲ってきそうな触手。ライフル一本で抑えられる数ではない。

意を決したミナトは一旦《いったん》、プールの中に逃げ込むことにした。

そのために、ナツカの身体《からだ》を抱き上げようとして。

「死んじゃえ」

聞きなれない言葉に、ミナトは思わず手を止めていた。

直後、視界は禍々《まがまが》しい〝桜色〟に染まる。

――最大拡張。それも、この時ナツカのテリトリーが起こした変化は膨張と言うよりも、爆発に近いもので、瞬く間に半径一〇数メートルを覆い尽くす。

今も止まらない涙を隠さずに、彼女は敵を見据えると叫んだ。

「死んじゃえっ！　もう死んでよっ……死ね――死ねェエッ！」

普段のナツカからは想像が付かない荒《すさ》んだ声と激しい言葉。さらにテリトリーは範囲を拡大させ、質量を増加させていく。まるで少女の憎悪を具現化するように。

この時になってミナトは、初めて幼馴染《おさななじみ》が抱えていた〝問題〟に気付いた。

人並み外れた才能の無さ。そして、病的に乱れるテリトリー。

最初から星野《ほしの》ナツカという少女は水使いとして『病気』を持っていたのだ。

非常に稀《まれ》なケースだが、しかし、前例は確かにある。

硬質特化型、知覚特化型、秩序独裁型、限定活動型――いずれにも属さない。精神の変調によって能力が左右され、極めて制御が難しい、水使いとしては致命的な欠陥。

――感情依存型。

俗に暴走系とも言う。

人間の精神とテリトリーの相関論のもとになった症例である。蓋《ふた》を開ければ少年漫画の王道的なパターンと何も変わらない。ナツカは悲しみや怒りによって、内なる真の能力を開花させる。その代わり、平常時は並以下だ。だから、平和なアカデミー生活では落ちこぼれてしまい、この海底施設に来てからは緊張感や悲しみにより力を発揮し始めたのだろう。

そして恐らく、今は一〇〇%に近い。

その拡張能力の正体が明かされる。

――圧壊だ。

徹底的な『量』の暴力だった。

「もうやだよっ！」

すぐそこまで迫っていた触手の一本が、桜色に飲み込まれると、瞬く間にパスタのように潰《つぶ》れ、捻《ね》じ切《き》れてしまったのだ。

高質量による物質の圧縮。まるで一種のブラックホールだった。

それはクロエ＝ナイトレイにも匹敵しそうな、破壊に特化した能力。多量の興奮剤を投与したとしても、ここまでの力は出せないだろう。

目も眩《くら》む桜色の嵐《あらし》。それこそ、自身の命を燃やすような。

「あたし、もう、何もいらないからっ！　あたしの全部、あげるから、だから――お願い。ミナトくんだけ、この人くらい、助けてよ……」

氾濫《はんらん》するテリトリーの波は膨れ続け、ダイオウイカの身体《からだ》を次々と奪っていく。間もなく巨大な怪物を消し去ってしまうだろう。強力だった。圧倒的だった。それだけに――彼女の身体を食い潰《つぶ》すのも早い。

……ぷち……ぷち！

と、まるで血管や筋肉が千切れるような。

それを耳にした瞬間、ミナトは幼馴染《おさななじみ》を止めていた。

背後から腕を回して押さえつける。

「やめろっ、ナツカ！　もういい！」

あと少しで憎いアンダーを殺せるかもしれないのに――それすら瑣末《さまつ》な問題に思えた。

このままだと、彼女が自滅してしまいそうで。ミナトは必死になって抑えこもうとした。

しかし、一度爆発した感情を止めるのは難しい。

「よくないっ、全然よくないよ！」

ミナトの腕の中で暴れ、生命力そのものと言える力を放出し続ける。

「あたし、ミナトくんと違って頭悪いもん！　メイファちゃんみたいな強さもないし、パソコンだって生涯さっぱりだよ！　みんなの役に、これっぽっちだって立ってなかった。それなのに……どうして、あたしだけ生きて――みんな、みんな、先に……。一回、一回でいいから――あたしだって、ミナトくんのこと、守りたいのに――こんなんじゃ、全然足りないよ。こんな想《おも》い続くなら、もう、死んだっていいよッ！」

それは仲間を殺したアンダーに対する純粋な「怒り」などではなかった。

今もナツカを蝕《むしば》んでいる最たる感情は——後悔。

自分の行動一つが、未来を変えられたかもしれないという、もはや取り返すことのできない自責の念。これまでずっと、ミナトを苦しめてきた感情と同じ。彼女が何よりも許せないのはアンダーではなく、自分自身だったのだろう。

痛いほどわかる。

しかし、それでも、ナツカが命を賭《と》して良い理由にはならない。

だから、この言葉は決して、本気なんかじゃない。

「——なら、ここで一緒に死のうよ」

「ミ」

揺らいだ。

強風に煽《あお》られたように桜色は形を崩し、拡大を一時的に止める。

愕然《がくぜん》とした表情が振り返る。

「……ど、どうして？　ミナトくんも死ぬ必要あるの？　なに言ってるの。冗談やめてよ」

「お前が死ぬなら、僕だって生きてる意味が無いから」

「やだよ、ふざけないで！」

今までとはまったく別角度で怒り出す。

「死ぬとか……簡単に言っちゃだめでしょ！　ぶつよ！」

こいつが馬鹿で心底助かったと思う。自分でなに言ってるのかわかってるのだろうか。

ただの一言で、今や、すっかり普段の表情に戻っている。

そして、桜色のテリトリーも霧が晴れるように消えうせていた。歴史的な能力であったが、もう二度と世界に顕在することはないだろう。

しかし、当の本人はそんなことすら忘れている。

「ミナトくん死んだら、なんにも意味無いよ。そんなの、モチの無いモチ屋でしょ」

「一瞬考え込むような言葉作るな。ならさ、間を取って、一緒に生き残ろうぜ」

「……うん。そっちのがいい」

「よし、僕に任せとけ」

今や教官としての自分はどこにもいない。

星野《ほしの》ナツカの幼馴染《おさななじみ》、山城《やましよう》ミナトは改めて現状に目を通す。

ここまで来ると、なるようにしかならんだろう。

始めから、このくらい軽い気持ちで臨んでいれば、また別の結末があったかもしれない。

それも今は、考えないことにする。

生存を賭《か》けた行動を再開した。

◇◆◇◆

幸い、最大の難関はクリアされている。

——時間だ。ゲートの作動時間は残り一分を切っていた。

加えて、ナツカの暴走的能力は、ダイオウイカのアンダーを仕留《しと》めるには至らなかったが、それでも大半の触手に深刻なダメージを与えてくれた。まともに形を残している部分の方が少ないほどである。

そのためか、先ほどから襲ってくる気配がぱたりと止《や》む。恐らく、自己再生を優先しているのだろう。

今のうちに倒してしまうつもりで準備を進めたが、しかし思った以上に相手の復活が早い。

奴《やつ》は触手数本の再生を終えると、活動をはじめ、ミナトとナツカを追い詰めるべくプールの中へと着水した。

その光景を、プールに浮かぶ潜水艇のハッチから身を乗り出して確認するミナト——緩やかなエンジン音に身を預け、ライフルの照準を慎重に合わせた。

「あと三〇秒でゲートが開くから」

「……ミ、ミナトくーん」

うろたえる声がする。

潜水艇の内部からだった。

「確認だけど、ここにあるレバーを前に押せば進むんだよね？」

「そうだよ。そのまんまだよ。三回目だよ。今は手を離しとけよ」

「わかったよ……が、がんばるねっ」

大丈夫だろうか？

少し不安に思ったが既にアンダーは動き出している。今さら作戦の変更はできない。ここからはノンストップだ。

しかも、やはりイカの形をしてるだけあって、まったく移動の無かった陸上と比べ、その遊泳速度は速い。放《ほう》っておけば十秒も経《た》たず、襲われるだろう。

無論、放っておくつもりはない。

「死ぬべし」

ミナトは発砲した。

しかし、その銃口はアンダーが泳ぐ水面には向けられていない。

水面ではなく――天井近く。

そこにはクレーンから吊《つ》り下《さ》げられた一隻の潜水艇。

四本ある支点のうち、予《あらかじ》め三本は破壊しており、そして最後のチェーンを撃ち抜いて真下にいるアンダーの頭上に落としたのだ。

もともと浮かぶ設計とは言え、自重二〇トンはある鉄の塊。

それは強烈な大砲と化して水面を貫き泳ぐアンダーを上から圧迫した。さらに都合の良いことに点検中だった船体はハッチも全開、フロントガラスも一二・七ミリ弾のライフルで木《こ》っ端微塵《ぱみじん》に粉砕してくれたので墜落後は瞬く間に浸水し、面白いように沈む沈む。このままダイオウイカを圧殺してくれたらミナトとしても言うことが無い。

しかし、やはりそこまで都合良くはいかないようだ。

怪力を持つ化け物は、自分を押し潰《つぶ》す潜水艇を触手で絡め取ると、すぐさま押しのけた。

「残念っすね……」

まあ、時間は稼げたので満足しておこう。

ブ――――――――――。

と、ブザー音が鳴り響き、ようやく第一ゲートが始動した。

しかし、今のタイミングでナツカが潜水艇を発進させても激突して終わるだけ。ある程度の高さになるまで待たなければいけない。

「もう少し待てよ。合図するから」

「う、ん」

圧力を逃れたアンダーが再びこちらへと泳いでくる。同時に、ミナトはゲートの上がり具合を確認する。

その上昇速度を計り、内心でカウントした。

三、二、いち……

「――今だ！」

叫んだミナトは自らもハッチの中へ飛び込む。

潜水艇が全速力で発進した。

全速力とは言っても所詮は深海探査艇。その出力は一〇ノットにも満たないが、しかし、重い機体を運ぶモーターの出力は決して弱くはない。

すぐに、第一ゲートを潜り、水圧調整スペースまで推進する。

その二〇メートルほど先には第二ゲート。あれが開けば外に脱出できる。

ただ、その前に、第一ゲートが再び閉じなければならない。それに要する時間は二分。

ダイオウイカのアンダーが黙って見ているわけもなかった。

遊泳速度には圧倒的な差があり、あっと言う間に追いつかれると数本の触手が伸びて、逃げようとする船体を強く絡み取った。前進が止められる。

ミナトは慌ててハッチから頭を出すと――ナツカの潜水艇に呼びかけた。

「そのままレバー倒してろ！」

実のところ、二人は別々の潜水艇に乗り込んでいた。

二隻の潜水艇。奴《やつ》の注意を少しでも散漫にするためだ。

ミナトの船とナツカの船。できれば自分の船を襲ってほしかったのだが、当然、逆のパターンがあることも想定内だ。

ナツカが乗る潜水艇は既に最大出力の状態だが、それでも巨大アンダーの力はすさまじく、徐々にだが奴の方へと引き寄せられていく。

ミナトは隣から、ライフルを使って触手の一本を破壊。奴の牽引力《けんいんりょく》は弱まり、それでも綱引きをようやく五分に戻したというところ。またすぐに相手が盛り返すことだろう。今ので弾は二発使ってしまった。残りは三発──あと一発なら使える。

だから、ミナトは危険を承知で隣のナツカのいる潜水艇に飛び移る。

ダイオウイカの触手は全《すべ》てが感覚器官。

ミナトの接近を察知するなり、潜水艇を捕らえる一本が急遽《きゅうきょ》、鎌首《かまくび》を上げて生身の標的へと襲いかかってきた。

しかし、至近距離で鉛弾をぶち込む。残り二発。あと一発も無駄にはできない。

一瞬の隙《すき》をつき、すかさずナツカの居る船内に乗り込んだミナトはハッチを固く閉ざした。

狭い船内。コックピットに座り、いかにも慣れない感じで操舵《そうだ》を握っていた幼馴染《おさななじみ》は、ミナトが来たことを知ると、心から安心したように笑顔を浮かべる。

「どうしよう、あたし心臓とまっちゃいそう」

「えらいぞナツカ。今に、またゲートが閉まる。もうちょいの辛抱だ」

それまで、奴との力比べで負けるわけにはいかない。

もしもミナトたちごと潜水艇が引き戻されてしまったら敗北確定だ。ここからは根性がものを言う。

まあ、乗組員が二人に増えたところで船がパワーアップするわけでもないのだが……

──でも。

最後の瞬間なら、二人でいたい。そう思った。

ミナトはいくつかのスイッチを点火すると、やがてナツカと重なるように腰をおろし、前に進むためのレバーを支える。

彼女は身体《からだ》を捻《ひね》った。

そして、まるでミナトの首筋を嗅《か》ぐように頭を擦《こす》り付けてくる。

「あのね、ミナトくん」

「ん？」

「大好き」

優しい声で言った。

「おかしくなりそうなくらい、あたし今、ミナトくんが大好きだよ」


その時、船体がこれまで以上に大きく揺れる。

先ほど破壊した触手が、さらに幾つか復活したのかもしれない。急激に牽引力《けんいんりょく》が強まり、二人を乗せた潜水艇は目に見えるペースで後ろに下がり始める。空気読めよと思った。

しかし――二度目のブザーが鳴り響いた。

水圧調整室を密閉するため、第一ゲートが再び下降を始めた報《しら》せだ。

恐らく、ゲートの下降速度は上昇時と同じか、それよりも速いくらいだろう。

だとすれば、確実に間に合うタイミング。

このまま閉まるゲートが奴《やつ》の触手ごと押し潰《つぶ》し、そして二人は逃げ延びることができるはず——それで悪夢は終わる。外の世界に戻れるのだ。

ミナトたちの生還は目前。

しかし、ミナトは腹に力を込めて、叫んだ。

「行くぞ、やるぞ……これで本当の最後だ！」

ナツカも、力強く頷《うなず》く。

「うん、ミナトくん——やっちゃえ！」

このまま、ただ逃げて終わるなんて、どうしてもできなかった。

これ以上は戦う意味は無い。

しかし、これは人間を証明するためのエゴ。

——あのアンダーを倒す。

ナツカの身体を強く抱き締めると、ミナトは迷わず潜水艇のフロントガラスをライフルで撃ち抜いた。強化ガラスが粉々に粉砕する。大量の水が流れ込んできた。

そして、すかさずポーチ用のベルトを推進レバーに巻きつけて——

最後に思い切りギアをバックに入れると固定した。

がくん！　と強い反動。

直後、スクリューがマイナス方向へフル回転をし、潜水艇は逆走し始めた。

それによって、ダイオウイカが大きく後退する。今まで引っ張っていた獲物が、いきなり力を抜いたので無理もない。そして、奴《やつ》が、どうにか身体《からだ》を止めたところ、後ろに進み出した潜水艇が体当たりをかました。さらに後退を余儀なくされる。

この頃には既にミナトとナツカは船内から脱出し、そして異臭の漂う水面から顔を出した。

強い匂《にお》いの正体は——ガソリン。

ミナトは乗り込んだ際、潜水艇の二重動力であるディーゼルエンジン部分の給油口を開くスイッチをオンにしていたのである。

漏洩《ろうせつ》を続ける四〇〇リットルの油は導火線となり、潜水艇の本体まで続いている。つまり、潜水艇を触手で抱きかかえたあのアンダーまで。

「……えーと、な」

ミナトは残り一発となるライフルを構えると何か台詞《せりふ》を考える。

映画っぽいやつ。後世に残りそうな、イイ感じの。

なんでもいいや。

「お前にはこの薄暗い深海がお似合いだぜ。なんてな」

大阪エリア海底——深度一五〇〇メートル。

オリエント連邦アカデミー、遠征演習、四日目。

クルーザー沈没事故の発生から二時間三七分。

こうして、一つの悪夢は砕け散った。

◇◆◇◆

「……終わった、ね」

午睡に耽《ふけ》るように。

一隻残っていた潜水艇の中、横たわる星野《ほしの》ナツカは薄く笑って呟《つぶや》いた。彼女の頭を膝《ひざ》に乗せるミナトも、力なく頷《うなず》く。外では滝のような、大量の水が落ちる音。

第二ゲートを開くために注水を行っている最中だった。

「ああ、終わったな……」

「もう、ミナトくんは、泣いてもいいと思うよ？　そしたらね、抱き締めてあげる」

「言われても、そんな器用に泣けないって。……つーか、お前もう、泣いてるし」

ナツカは泣きながら笑った。

「おかしいよね……夢じゃないかなぁって、今でも考えてるの。アカデミーに戻ったらね、クロエちゃんもメイファちゃんもいて、なんでもない顔でおかえりーって……あはは」

力なく笑ったあと、咳《せ》き込《こ》んだ。

「でもね、これが夢だったとしても、あたしがミナトくんのこと好きなのは現実なんだよ。

……あ、それ中途半端になってたね。えーと……結婚を前提に付き合って下さい？」

「いいよ」

ミナトがあっさり返事をすると、彼女は驚いたように瞳《ひとみ》を見開く。

頭を起こそうとしたが、結局は横たわったままだった。

「ほんとにっ？　ほんとのほんと？」

「ほんと。前提に、って言うかもう今すぐ結婚しようぜ。それで、帰ったらさっそく子どもをつくろう。十人くらい。それで釣り馬鹿チーム結成するから」

「つくる！　コウノトリってどこ行けば見つかるかな？　あれ、キャベツ畑だっけ」

「……お前、本当にカマトト疑惑で業界から干されるぞ。マジで」

「えー？　でもね………アハーっ。やばいね！　やばいやばいやばいよ、あたし、ミナトくんのお嫁さんになっちゃったね！」

「おっと。まだ浮かれるなよ。婚姻届けを出すのはアカデミーに帰ってから。それまでは、結婚詐欺かもしれないぜ？」

「ミナトくんはそんなことしませーん。週末は必ず薔薇《ばら》を買ってくる素敵な旦那《だんな》様でーす」

「どの平行世界探してもいねえよ、そんな僕」

「あはは」

よほど嬉《うれ》しかったのか、ナツカは幼馴染《おさななじみ》の腕を掴《つか》むと自分の頬《ほお》に手の甲を押し当てた。

そして、うっとりと呟《つぶや》く。

「こんな幸せってあるかしら」

その笑顔も一瞬で。

見る見るうち、とめどなく零《こぼ》れ始めた涙に表情を歪《ゆが》めた。

「——ごめ……っ、ごめんねっ……ほん、と」

唐突な謝罪の言葉。

それを聞くと、ミナトは肺の空気を全《すべ》て奪われた気分になり、顔を顰《しか》める。

「なんで……ナツカが謝るんだよ」

「だって……こんなの、あたしのワガママ、なのにっ。ミナトくんを、付き合わせて——これだとミナトくんますます、つらくなっちゃうって……わかってたのにっ」

「お前と結婚したのは僕自身の意志だ。僕も、ナツカのことが好きだよ」

「……うん、……うんっ。ありがと……」

本来、水使いである彼らが潜水艇の中で過ごす必要は無い。

しかし、少し前から、ナツカのテリトリーはまったく機能しなくなっていた。

最後の戦いで見せた能力の急激な放出が原因であることは間違いない。

しかし、一時的に体調が低下しただけだ。それで、弱気になって泣いているだけ。少し休めば、すぐ良くなる——と、ミナトは自分に言い聞かせ続けていた。

だけど。

「……あたしね、自分の身体《からだ》のこと、わかるの」

泣きじゃくる彼女は告白する。

「自分の心臓が、少しずつ止まっていくの、感じるの。血がなくなったら死んじゃうのと一緒で、さっき、全部使っちゃったみたい。バカだね。せっかく、ミナトくんが一生懸命、守ってくれたのに……バカだよ、ほんと」

「バカなこと言うなよッ！」

思わず声を荒らげてしまう。頭ごなしに否定することしかできなかった。

——それでも、ミナトは知っている。

感情依存型の少ない症例で、確かに同じケースで命を落とした者は多いことを。原因は誰にもわからない。内臓や血管の損傷ではなく、ナツカが言うように、まるで人間には知覚できない『生命力』が枯渇するように、と。

だから、何だと言うのだ。

彼女を同じ枠に当てはめる確たる証拠なんてない。助かる可能生があるのに、諦《あきら》めるなんてできるわけがなかった。

ナツカは絶対に死なない。

死ぬわけがない。もしも、死んでしまったら……

「…………あーあ、」

ナツカの腕が辛《かろ》うじて持ち上がり、項垂《うなだ》れるミナトの頰《ほお》をすくう。

「ミナトくん、泣いちゃった、ね。……ごめんね、あたしのせいで。でも、安心したかも。ミナトくん、今までずっと、我慢してたもん、ね？　だから少し、泣いた方いいよ」

「……泣いでない」

「うそ。泣いてるよ、ほら、いっぱい。ミナトくんが泣いたの、いつ以来だろうね」

……とくん。

「ああ……やだな、ミナトくんのこと心配なのに、眠いよ……まだ、顔見てたいのに」

とくん、……とくん、と。

ミナトのテリトリーが捉《とら》える、彼女の鼓動は浅くなっていく。

「……駄目だ。やめろよ、まだ寝るな」

「うん、起きてるよ。まだ、聞こえるよ」

その瞳《ひとみ》は既に瞳孔《どうこう》が開いていた。

ミナトの声はもはや哀願に近い。

冷たくなっていく彼女の手を握り、呼び戻そうと声をかけ続けていた。

「頼むから……がんばってくれよ。寝るな。こんなの、すぐ治るから……頼むっ」

「……ミナ、トくん。結婚したけど、あたしたち」

微笑《ほほえ》んだナツカは瞳を閉じた。

「でもね、また……大事な人、作って……」

一度、大きく息を吸い込む。

また笑う。

「――約束、だよ。その子のこと、守って、あ、げ…………………」

言葉は途切れた。

「……ナツカ？　おい」

それきり、返事はなかった。

眠っていた。寝息一つ立てず。

――まるで、幸福な夢でも見ているように。

Last Episode　もしも君が泣くならば

一分かもしれないし、一時間かもしれない。

大阪エリアの海底でミナトは一人の時間を過ごしていた。

たかだか二時間の合間に、自分以外の仲間の死を目撃することになった彼は、今や、思考らしい思考一つしていない。

それでも、いつしか、身体《からだ》は自然と操縦席に座り、操舵《そうだ》を握ると潜水艇を進め始める。もしかすると、考えることを放棄した彼に代わり、MAIが導いているのか。それほどまでに今のミナトの顔からは生気というものが抜けていた。

そこに敵襲がある。

影がフロントガラスを横切っていった。

施設周囲を徘徊《はいかい》していたランクDの雑魚《ざこ》アンダーだ。人が乗る潜水艇を見つけると、集団で取り囲みあらゆる手段で外装を壊そうとしている。まるで高級車を見つけた田舎のヤンキーのようだった。

「…………」

ミナトは慌てず騒がず、ハッチを降りることにした。

――中にはまだナツカが乗っているから。喰《く》われちゃたまらない。単純にそう考えて外に出た。どら、軽く撫《な》でて奴《やつ》らを海の藻屑《もくず》に変えてやるか。その程度の気概だった。頭がまともに働いていなかった。だからハッチを開けた途端、盛大に浸水した時はちょっとビビった。いかん。これはさっさと片付けて陸に上がらないと、大事な幼馴染《おさななじみ》がふやけてしまう。

急いで外に出ると、三体のアンダーが仲良くつるんでいた。

全員揃《そろ》って強面《こわもて》だが、しかし、なに。この手の奴らは見かけばかりであまり強くない。

ＭＡＩを起動すれば、お茶の子さいさいだ。

それこそ眠ってたって勝てる。

「……あれ、ナイフ」

《ＭＡＩの警告》※三体のランクＥアンダーを確認。※自衛装備無し。※非常に危険。

そう言えば、さっき、ポーチをベルトごと外してしまったような。どうやら脱出する時のゴタゴタで落としてしまったらしい。

さすがに、幾重の死線を掻《か》い潜《くぐ》り生還した英雄的なミナトでも、全身筋肉みたいな前脚オバケを相手にステゴロで挑むのは分が悪い。小銭も持ってない。

どうしよう。このままでは殺されてしまう。

「――まあ、いいか」

ミナトは諦《あきら》めることにした。

今さら潜水艇に乗り直しても逃げられるものではないし、このまま運命に身を委《ゆだ》ねるのが真理と言うものだろう。そもそも、教官のクセに教え子を全滅させておいて、自分だけ生き残ろうなんてムシが良すぎる話だと思ったのだ。いいじゃないか。死ね死ね。死んじゃえ。どうせこのまま、おめおめと帰還しても、責任とか監督義務とか何やかんやで非難轟々《ごうごう》で、連邦中のマスコミから追いかけられた挙句に遺族の会とか結成されて、一生かかっても返せない慰謝料を請求されるのがオチだ。死んだ方がマシかもしれない。

観念したミナトは、三体のアンダーを前に両手を露《あら》わにした。

「よかろう。どこからでもかかってきなさい」

かの生物兵器が冗談も通じず空気が読めないことは深く理解している。

化け物どもは一斉に牙《きば》を剥《む》き、襲い掛かってくる。あ、意外と怖いなコレ、と軽く後悔。

でも、まあ十秒も待てば終わるだろう。どうせＢＡＤエンドなら全滅しちまった方が潔くていいと思う。中途半端なのが一番嫌われるのですよ。

――それに。

ミナトはもともと、天国地獄なんて信じていない。無神論者だ。

それでも、万に一つ、また彼女たちと会うことができたら。

そしたらなんて言おう。

決まりきっている。

「ほんと……ごめんな」

「――こんのバカがぁあああああああああああああああああ！」

深い海の底、一陣の風。

海淵《かいえん》を漆黒の翼が飛翔《ひしょう》した。

電光石火にして痛烈無比な飛び蹴《げ》り（水中）を食らい、目の前にいたアンダーたちがコントのように弾《はじ》け飛《と》ぶ。それこそミナトが使っていたライフルに近しい威力だった。

海中に漂う黒い羽根は堕天使のごとく。

現れた彼女は自前の黒い翼を折りたたむと、呆然《ぼうぜん》とするミナトに指を突きつけた。

「バカじゃないのほんとあんたってバカじゃないの！　何してんのビビらせないでよ！なんでバケモン相手に抵抗一つ見せないわけ。死ぬ気かっ」

はい、死ぬ気でした。

そんなことよりも、驚いたミナトは震える口で呟《つぶや》いた。半信半疑に。

「――アイシュ、先輩？」

「そうよ」

彼女はむすっとしてうなずく。

「どうせ死んだと思ってたでしょ。あたし自身、よく生きてたもんだわと呆《あき》れ気味《ぎみ》よ。めちゃくちゃ怖かったのよ？　潜入早々、さっきのバケモンと取っ組み合いになるし。しかも、あんなのメじゃない、イカとかサメとかいるし。さんざん逃げて隠れて戦って、少し前に抜け出してきたとこ。ごめん、探させたでしょ？」

「探したってレベルじゃないっすね。人生まるまる一本使った気分です」

「……いや、ほんとごめん。今回ばかりはあんたに迷惑かけたわ……。帰ったら奢《おご》るから許して。あ、ベイサイドワゴンって店知ってる？　あそこ穴場なのよね、裏メニューとか多くて。まぁ、それは置いといて――クルーザーってまだ上で待機してるの？」

何も知らない彼女は悪気もなく尋ねてくる。

ミナトがなかなか答えずにいると、彼女は希望的観測のようなことを謳《うた》い始めた。

「いないわよねー。あんたって普段はムカつくけど、なに、賢明だし？　船は先に帰して自分だけ残ったたってクチなんでしょ。こうなると、今回のペアがあんたとでよかったたって思うわー。いやほんと、普段は腹に据えかねるガキだけど。でも、ムハンマド教官とかだと、緊急事態が起きても神に祈るだけで何もしてくれないから。でも、外に残ったのはミナトだって思えば、そこは安心かなって。――ねえ、そうなんでしょ？　お願い、何か言って」

「クルーザーは……」

最初から、隠すつもりはない。

一度だけ呼吸を整えたあと、ミナトは彼女に真実を告げた。

「クルーザーは未確認生物の襲撃に遭い、沈没しました。乗組員で生存者は僕一人です」

「嘘《うそ》よね」

「事実です。番組制作会社クルー三名、ならびに訓練生五名、全員死亡を確認しました」

「……待って、待ってよ」

アイシュワリンは呆然《ぼうぜん》とした表情で頭を押さえると後退する。

「あんたら、まさか……」

眩暈《めまい》を感じるようにふらつき、低い声を漏らした。

揺れる瞳《ひとみ》で。

「まさか──あたしを探しに施設に入って」

ミナトはただ一度だけ、頷《うなず》いた。

「はい」

決して、足を踏み入れるべきではなかった。

それが真実。

アイシュワリンは誰の手も借りず、一人でも生還できたのだ。だから、ミナトたちは彼女の救出なんて考えず、早々にアカデミーへ帰還するべきだった。今さら答えを知ったところで遅い。二度と、取り返しはつかない。

「全《すべ》て、僕の判断ミスが原因です。僕が……彼女たちを殺しました」

殺したも同然である。

最初の時点で引き返していればクロエは死なずに済んだ。

中央管制室のドアをミナトが開けていればミシェルは死なずに済んだ。

ダイオウイカとの戦いで別の作戦を選べばメイファは死なずに済んだ。

そして、——星野《ほしの》ナツカは遠征演習に連れてくるべきではなかったのだ。

ありとあらゆる選択肢を間違えて、ミナトはこの最悪な結果を導いてしまった。

教官以前に、人間としてのクズだろう。どうしてまだ生きている。

それでも。

「ちがうっ！」

掠《かす》れる声のアイシュワリンから強く抱きしめられた。

一瞬だけ見えた彼女の表情は、悲痛に歪《ゆが》んでいたと思う。

「違う違う違う！　あんたのせいなんかじゃない！　あたしだって、逆の立場だったらあんたのこと探してた。あたしが、もっと早く戻れたら……ううん、そもそも、こんなとこに関《かか》わらなければ良かったっ！　ごめん、ごめんなさい……つらい想《おも》いさせて」

その声は、間違いなく泣いていた。

「あたし、今回の件であんたを誰にも責めさせない。全部、あたしの責任よ。ミナトのことは、あたしが絶対に守るから。お願い、守らせて……じゃなかったら、あんたが可哀想《かわいそう》すぎる。こんなの、あんまりよ……」

「守る……」

ミナトは繰り返した。

その言葉を聞いて、再び、涙がこみあげてくる。

幼馴染《おさななじみ》との最後の約束を思い出してしまったのだ。

「守るって……どうすればいいんですか？　僕にも、できますか？」

瞳《ひとみ》から零《こぼ》れた雫《しずく》が海に紛《まぎ》れて消えた——やがて、大きな嗚咽《おえつ》に変わっていく。

アイシュワリンの腕の中で、ミナトは声が涸《か》れるまで泣き続けた。

悔しくて悔しくて堪《たま》らなかった。

お願いだから一度くらい、この手で誰かを守り抜きたかった。

たった一度で良かったのに、決して叶《かな》えられなかった願い。

どんなに謝りたくても、もう自分の言葉は彼女たちには届かない。もう二度と会うことはできないのだ。

それでもまだ、できることがあるとすれば——一つだけ。

ナツカとの最後の約束を、生涯をかけて果たすこと。

「僕、……僕は……守りたい……」

今度こそ。絶対に。

理不尽な現実を前にして、弱さは決して言い訳にならない。

「……強く、強くならなきゃ」

——強さが欲しい。

残酷な運命をも覆し、大事な者を守り抜く問答無用の強さが。

今はただ、陽《ひ》の光が届かぬ深みに嵌り、子どものように泣きじゃくっていた。

…………

——ひとまず。

ソラリスが生んだ怪物、アンダーにまつわる一つ目の惨劇は幕を下ろす。

生物兵器。

同じ人間の欲望が生み出した残酷な生命体が、明日以降の世界にどのような影響を与えるか、人類は未《いま》だ予測できていない。百年前の大海害を経て、ようやく人々が取り戻しつつあった平穏が今、音もなく瓦解を始めたところだった。

その事実を多くの者が知らずにいる。

しかし同様に、アンダーを利用し、陰謀を企む者たちは知ることができない。

この深い海の底、自分たちにとって脅威となる『意志』が芽生えたことを——

ランクD

テリトリーに拡張能力を持たない廃棄体、或いはサンプル体。それでも個々の生命力は高く即死させることは難しい。群れで連携するなど、工夫して狩りを行う程度の知能を持つ。

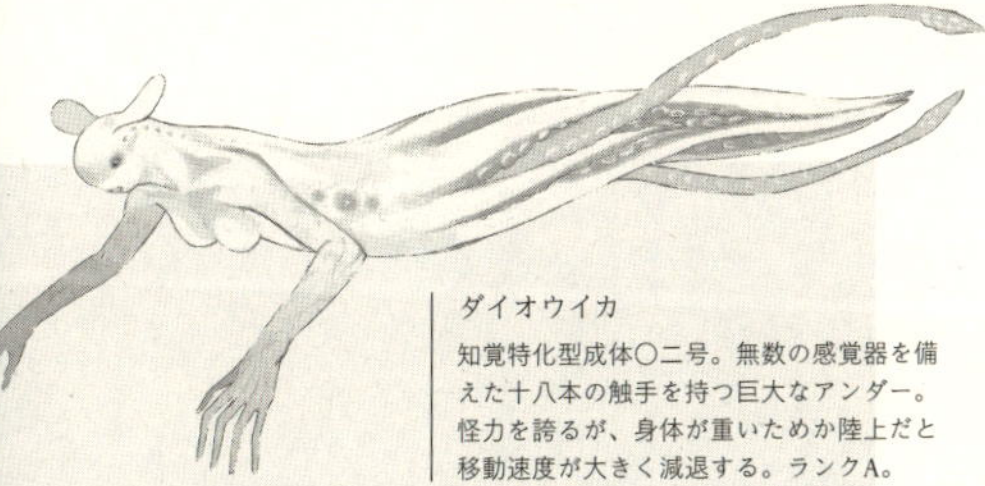

ダイオウイカ

知覚特化型成体〇二号。無数の感覚器を備えた十八本の触手を持つ巨大なアンダー。怪力を誇るが、身体が重いためか陸上だと移動速度が大きく減退する。ランクA。

― MAI DATA

― UNDER

― 001-004

マダラ

秩序独裁型（侵食型）〇九号。水使いの能力を無効化するテリトリーウイルスを持つ。能力発動中は全身に赤い斑模様が浮かび上がる。攻撃能力に劣る反面、敏捷性は高い。ランクB。

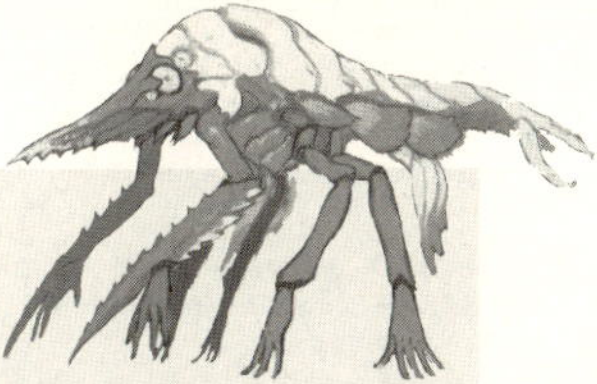

透明型

限定活動型成体十九号。テリトリーによる透明化能力を持つアンダー。完全に姿が見えない。甲殻類の特徴を持ち、攻防に優れるがメイファの一撃であっさりと息絶える。ランクB。

あとがき

本書をお手にとっていただき、ありがとうございます。らきるちと申します。
さっそくですが、ここまでお付き合い下さった皆様に謝りたいことがございます。気分の悪くなる物語を提供してしまい本当にごめんなさい。この先、ミナトくんの未来が明るいのか暗いままなのか、少しでも興味を持ってもらえたら幸いです。異様にスペースが狭いので駆け足で。素敵なイラストを提供してくれたあさぎり様に大感謝。大迷惑をかけた担当さんには土下座。そして読んで下さった皆様、愛してます。

MF文庫J

絶深海のソラリス

発行	2014年3月31日 初版第一刷発行
著者	らきるち
発行者	三坂泰二
編集長	万木壮
発行所	株式会社 KADOKAWA 〒102-8177 東京都千代田区富士見 2-13-3 03-3238-8521（営業）
編集	メディアファクトリー 0570-002-001（カスタマーサポートセンター） 年末年始を除く 平日10:00～18:00 まで
印刷・製本	株式会社廣済堂

Printed in Japan ISBN 978-4-04-066391-3 C0193
http://www.kadokawa.co.jp/

【 ファンレター、作品のご感想をお待ちしています 】
〒150-0002 東京都渋谷区渋谷3-3-5 NBF渋谷イースト
株式会社KADOKAWA　MF文庫J編集部気付「らきるち先生」係　「あさぎり先生」係

二次元コードまたはURLより本書に関するアンケートにご協力ください。

http://mfe.jp/fmu/

●スマートフォンにも対応しております（一部対応していない機種もございます）。
●お答えいただいた方全員に、この書籍で使用している画像の無料待ち受けをプレゼント!
●サイトにアクセスする際や、登録・メール送信時にかかる通信費はご負担ください。
●中学生以下の方は、保護者の方の了承を得てから回答してください。